O Judas de Leonardo

Título
O Judas de Leonardo

Autor
Leo Perutz

Título Original
Der Judas des Leonardo
©Paul Zsolnay Verlag
Wien 1988 and 1994

Tradução
Liliana Santos

Revisão
Duarte Camacho

Capa
Carlos Roque

Composição Gráfica
Susana Monteiro

Data de Edição
Maio de 2008

ISBN
978-989-8129-53-6

Depósito Legal
274272/08

Edição

calei
dosc
ópio

Caleidoscópio_Edição e Artes Gráficas, SA
Rua de Estrasburgo, 26 - r/c dto.
2605-756 Casal de Cambra · Portugal
Tel.: (351) 21 981 79 60 · Fax: (351) 21 981 79 55
e-mail: caleidoscopio@caleidoscopio.pt
www.caleidoscopio.pt

A tradução teve o apoio do Ministério da Educação, Artes e Cultura da Áustria.
This translation was supported by the Austrian Federal Ministry for Education, Arts and Culture.

LEO PERUTZ
O Judas de Leonardo

Epílogo de
Hans-Harald Müller

caleidoscópio

1

Em Março do ano de 1498, num dia em que chegara a chuva à planície lombarda, interrompida por rajadas de vento e queda de neve tardia, o prior do convento dominicano de Santa Maria delle Grazie dirigia-se para o castelo de Milão a fim de realizar a sua primeira visita ao duque Ludovico Maria Sforza, conhecido como o Mouro, para lhe prestar auxílio em algo que lhe causava bastante desgosto e transtorno há algum tempo.

O duque de Milão já não era o guerreiro e político com ideias audazes e o oportunista de outrora, que tantas vezes fora capaz de manter a guerra longe do seu ducado, tendo dado às forças inimigas uma outra direcção, provocando distúrbios em todos os países vizinhos, e que assim propagara o seu próprio poder. A sua sorte e reputação encontravam-se em decadência e, no que diz respeito à sorte, como o próprio duque costumava afirmar, por vezes mais vale uma onça do que a sabedoria de dez valiosas libras. O tempo em que ele chamava o Papa Alexandre VI de seu capelão já tinha passado, assim como o rei de França de mensageiro sempre ao seu dispor, a *Sereníssima* – a República de Veneza – de seu burro de carga com um fardo muito pesado e o imperador Romano de seu melhor "Condittiero". O referido rei de França, Carlos VIII, estava morto e o seu sucessor, Luís XII, reclamou o ducado de Milão enquanto neto de um visconde. Maximiliano, o imperador Romano, estava envolvido em tantas querelas que ele próprio necessitava de ajuda e no que diz respeito à *Sereníssima*, tinha-se demonstrado uma vizinha turbulenta e o Mouro tinha-lhe anunciado que, caso esta se decidisse associar à liga dos seus adversários, a enviaria para o mar para pescar e não lhe deixaria nem um milímetro em terra firme para semear milho. Ele ainda possuía alguns barris de ouro, caso necessitasse de entrar em guerra.

O Mouro recebeu o prior do convento de Santa Maria delle Grazie no seu antigo castelo, no Salão dos Deuses e dos Gigantes, cujo nome se devia aos frescos que cobriam duas das suas paredes, enquanto a terceira deixava ainda transparecer uma Visão de Ezequiel, da época do visconde, com as suas cores fortemente desbotadas e, em parte, escamadas. O duque costumava tratar aqui de uma parte dos negócios estatais durante a manhã. Raramente era visto sozinho nesta sala, pois a todas as horas do dia tinha alguém de confiança junto de si ou ao alcance da sua voz. O estar sozinho, ainda que apenas por alguns minutos, perturbava-o e afligia-o. Era como se já tivesse sido abandonado por todos e um pressentimento estranho dava-lhe a sensação de a maior das salas se transformar numa cela.

Precisamente neste dia e neste momento encontrava-se junto ao duque e conselheiro de Estado Simone di Treio, que tinha acabado de proferir um discurso de como se deveria receber o grão senescal do reino de Nápoles, que era aguardado pela corte. Além dele, um secretário da chancelaria ducal, que tirava apontamentos. No nicho de uma janela encontravam-se o tesoureiro Landriano e o marechal Da Corte, que já na altura se dizia que preferia coroas douradas francesas a qualquer outra moeda, e ambos os homens olhavam com ar de entendidos para dois cavalos, um grande berbere e um siciliano, que eram conduzidos para trás e para a frente pelo moço de estrebaria no jardim, enquanto o estribeiro do ducado negociava o preço com o seu proprietário, um negociante de cavalos alemão, o qual abanava constantemente a cabeça. No fundo do salão, não muito longe da lareira e aos pés de uma pintura na parede de um abominável gigante, que enchia as bochechas de ar de um modo assustador, estava sentada a dama Lucrezia Crivelli, considerada a preferida do duque. Encontrava-se na companhia de dois homens: o poeta da corte Bellinciolo, um homem esguio, cuja face revelava a expressão de um macaco tísico, e o tocador de lira Migliorotti, conhecido como *Erva-Doce* na corte. Isto porque tal como os doces e iguarias confeccionados com erva-doce são servidos apenas no final da refeição, quando todos já estão saciados, o duque também chamava geralmente o tocador de lira quando já estava aborrecido de todo o tipo de entretenimento. *Erva-Doce* era uma pessoa taciturna e quando dizia alguma coisa soava grosseiro e vulgar. Tinha também uma voz rouca e preferia, por isso, ficar calado. Mas ele conseguia exprimir todos os seus pensamentos e opiniões de forma bastante habilidosa e perceptível através dos sons da sua lira. E, neste preciso momento, enquanto o Mouro recebia o prior com palavras amáveis e o acompanhava até uma poltrona, *Erva-Doce* entoava de um modo solene, de tal forma que soava como um cântico de igreja, uma cantiga popular de Milão, cuja letra começava com as seguintes palavras:

Ladrões deambulam pela noite.
Toma bem conta da tua bolsa.

Todos na corte sabiam que o prior tinha transformado em regra recorrer à generosidade do duque em qualquer oportunidade que se lhe apresentasse e este habitualmente introduzia os seus pedidos queixando-se que as videiras em ambos os terrenos do convento não tinham crescido nesse ano devido ao mau tempo e que isso era algo que o colocaria em dificuldades ou que o destruiria.

A preferida do duque, que se tinha levantado do seu banco junto à lareira e se dirigia para o prior, virou a cabeça e lançou um olhar reprovador a *Erva-Doce*. Ela teve uma educação religiosa e mesmo quando já não via em cada padre ou monge o representante de Deus em terra, o dinheiro que a Igreja recebia parecia-lhe bem empregue e dele deveria esperar-se a melhor utilização.

Entretanto, o prior tinha-se deixado cair para cima da poltrona com um ligeiro gemido. Respondeu à questão do duque acerca da sua situação com queixas sobre como lhe faltava o apetite desde há muitas semanas e que nos dois últimos dias, chamando Deus como testemunha, não tinha sido capaz de comer mais do que uma dentada de pão e meia perdiz. Se assim continuasse — acrescentou — perderia as forças por completo.

E, nesse momento, demonstrou-se que surpreendentemente não se tinha ali dirigido para pedir auxílio monetário, pois não mencionou as videiras, que certamente este ano também não tinham crescido, tendo começado, pelo contrário, de imediato a constatar como ele próprio era o culpado do mau estado da sua saúde.

— É este Cristo com os seus Apóstolos — disse, enquanto se abanava —, quer dizer, se é que se trata de um Cristo, pois ainda não há nada que se reconheça, à excepção de umas pernas e uns braços, que não sei a que apóstolos pertencem. Estou saturado. Este sujeito abusa. Não se deixa ver durante meses e, quando finalmente aparece, fica meio dia em frente à pintura, sem sequer pegar num pincel. Acredite em mim, ele começou esta pintura apenas para me arreliar.

Todo este discurso foi acompanhado por uma nova melodia de *Erva-Doce* e desta vez tratava-se uma canção satírica, que as pessoas reles de Milão costumavam cantar, quando não queriam ouvir mais um sermão mau, extenso e aborrecido. A letra começava com as seguintes palavras:

Vá! Desapareça! Vá com Deus!
O que ele diz é puré de cebola.

— O senhor, reverendíssimo padre — fez-se ouvir o duque —, chegou a uma ferraria na qual me encontro constantemente entre a bigorna e o martelo, pois é raro o dia em que não me chega uma queixa idêntica a essa ou um outro tipo de queixa contra este indivíduo, o qual, como todos sabem, vejo como um irmão e nunca vou deixar de amar.
— Eu acho — interrompeu o poeta Bellincioli — que actualmente ele se preocupa mais com os problemas da sua pintura. Ainda ontem me falou com grande emoção sobre os dez grandes ofícios que a vista de um pintor tem de administrar e enumerou-os: sombra e luz, figura e fundo, distância e proximidade, movimento e tranquilidade. E disse-me ainda, com o seu ar mais sério, que a pintura deveria ser colocada acima da arte dos médicos, pois esta consegue despertar aqueles falecidos há muito e fazer com que aqueles que ainda estão vivos neguem a morte. Alguém que duvide da sua própria arte não fala assim.
— Ele tornou-se num sonhador e num contador de histórias — disse o marechal Da Corte, que, por breves instantes, dispersou a sua atenção para os dois cavalos que se encontravam em baixo no pátio. — Não acredito que algum dia verei em outro lado, que não em papel, as suas pontes levadiças para rios com margens altas e baixas. Ele inicia o melhor de tudo e não termina nada.

— O que o senhor prefere designar de calmaria — dirigiu-se o tesoureiro Landriano ao duque — origina provavelmente o receio dele em cometer erros. E esse receio cresce nele de ano para ano na mesma escala que o seu conhecimento aumenta e as suas capacidades melhoram. Ele deveria esquecer um pouco da sua arte e do seu conhecimento, de modo a ser capaz de voltar a realizar uma bonita obra.

— É possível — afirmou o prior com um ar aborrecido. — Mas ele deveria sobretudo pensar que um refeitório existe para que nele sejam servidas refeições e não para expiar os seus pecados. Não consigo aguentar por muito mais tempo o aspecto do andaime e da ponte com a parede apenas pincelada e ainda menos o cheiro da argamassa, do óleo de linhaça, do verniz e das tintas que sinto constantemente. E quando ele queima seis vezes por dia madeira húmida, de tal modo que o fumo denso nos arde nos olhos, apenas para, como ele diz, perceber em que cor o fumo é visto a uma determinada distância... Alguém tem de me dizer o que tem isso a ver com a *Última Ceia*.

— Temos neste momento — afirmou o duque — duas ou três opiniões sobre a inércia do trabalho do *messer* Leonardo e é justo que o deixemos falar sobre o que lhe diz respeito. Ele está em minha casa. Mas aconselho-o, reverendíssimo padre, a falar gentilmente com ele, pois ele não se deixa obrigar a fazer nada.

E deu ao secretário a ordem de ir buscar o mestre Leonardo.

O secretário encontrou o pintor à chuva de cócoras num canto do antigo pátio com o caderno de esboços sobre os joelhos, no qual tinha apontado com o lápis os movimentos do grande berbere e as medidas da sua perna traseira esticada. Assim que ouviu do que se tratava e que o prior se encontrava no convento de Santa Maria delle Grazie, a casa do duque, fechou o seu caderno de esboços e seguiu o secretário, em silêncio e absorto em pensamentos, pelo pátio e pelas escadas acima. Ficou parado em pé em frente às portas do salão e acrescentou alguns traços ao desenho da perna do cavalo. Depois entrou e estava ainda tão absorto nos seus pensamentos que cumprimentou primeiro *Erva-Doce*, antes sequer de mostrar a sua reverência ao duque e ao prior, enquanto de início parecia nem ter reparado nos restantes presentes.

— O senhor, *messer* Leonardo, é o motivo da tão bem-vinda visita com a qual o reverendíssimo Padre nos surpreendeu hoje cedo pela manhã — disse o duque.

Aqueles que estavam familiarizados com os seus hábitos, perceberam por estas palavras que esta crítica se destinava mais ao prior do que a *messer* Leonardo, pois o duque não gostava de surpresas e para ele uma visita inesperada nunca era bem-vinda.

— Eu — começou o prior do convento de Santa Maria delle Grazie — vim aqui, apesar do mau tempo e de, sinceramente, a minha saúde não o permitir, para que o senhor, *messer* Leonardo, me dê satisfações na presença do senhor duque, que é o protector do nosso convento, pois foi a igreja sagrada que, através de mim, lhe concedeu a possibilidade de demonstrar as suas capacidades e o senhor prometeu-me realizar com a ajuda de Deus uma obra sem igual em toda a Lombardia e, para o que me prometeu, poderia trazer-lhe não duas ou três, mas sim uma centena de testemunhas. E agora voltaram a passar-se meses sem que algo tenha feito na pintura, sim, até agora ainda não fez nada de concreto.

— Senhor, estou bastante surpreendido — respondeu *messer* Leonardo —, pois trabalho com tal zelo nesta *Última Ceia* que me esqueço de comer e de dormir.

— E atreve-se a dizer-me isso a mim! — gritou o prior vermelho de raiva. — A mim, que três vezes por dia me dirijo ao refeitório para o ir ver, se é que alguma vez lá está, para dar consigo a olhar para o ar. É a isso que chama trabalho? Sou algum estúpido, para troçar de mim?

— E eu — continuou *messer* Leonardo determinado — tenho esta obra na minha cabeça, tenho trabalhado continuamente nela e já está tão avançada que em breve poderei satisfazê-lo e mostrar àqueles que virão depois mim do que sou capaz. Se não estivesse tão atrasado numa coisa, nomeadamente a cabeça daquele apóstolo que...

— Tu e os teus apóstolos! — interrompeu o prior irritado. — Em frente, na parede sul, a Crucificação, também com alguns apóstolos, foi terminada há muito, apesar de o Montorfano não a ter iniciado sequer há um ano.

Assim que foi referido o nome de Montorfano, conhecido por entre os artistas de Milão como um pintor cujas obras concediam pouca honra à cidade, a lira de *Erva-Doce* fez-se ouvir com algumas dissonâncias ensurdecedoras e, ao mesmo tempo, o conselheiro de Estado di Treio deu um passo em frente e disse com enorme delicadeza, embora num tom algo indulgente, que gostaria de pedir perdão ao reverendíssimo senhor, mas que Montorfanos desse tipo encontravam-se às dúzias em cada esquina.

— Ele vive de manchar todas as paredes — disse o poeta Bellincioli com um encolher de ombros. — Os rapazes que lhe raspam as tintas fartam-se de rir às custas desta Crucificação.

— Considero-a um trabalho muito bem feito — disse o prior, que quando tinha uma opinião a mantinha por teimosia. — E, de qualquer modo, está concluída. O que mais valorizo neste Montorfano é que ele sabe como dar à superfície de uma pintura a aparência de um corpo em relevo separado do fundo e fê-lo também nesta obra.

— E o senhor, *messer* Leonardo? Qual é a sua opinião sobre esta Crucificação? — perguntou a preferida do duque, que gostava de ver o mestre de tantas obras embaraçado, pois ele dispunha-se apenas de má vontade a dar a sua opinião sobre as prestações de outros artistas, sobretudo sobre aqueles em quem era incapaz de encontrar algo de bom. E, tal como ela esperava, *messer* Leonardo tentou esquivar-se à resposta da questão, que lhe parecia particularmente inoportuna na presença do prior.

— A senhora tem certamente a melhor percepção — disse com um sorriso, e fez um movimento defensivo com a mão.

— Nem pensar! Aqui não se pode esquivar. Queremos ouvir a sua opinião — disse o Mouro com um ar divertido e interessado.

— Frequentemente — começou *messer* Leonardo após alguma reflexão — penso em como a pintura piora sempre de geração para geração quando, nomeadamente, os pintores tomam apenas como exemplo as pinturas já existentes, em vez de aprender com as coisas da natureza e o que se aprendeu...

— Vá directo ao assunto! — interrompeu o prior. — Queremos ouvir o que tem a dizer sobre esta Crucificação.

— É uma obra divina — disse agora *messer* Leonardo, ponderando cada palavra. - E sempre que a observo, sinto todo o sofrimento do redentor martirizado...

Da lira de *Erva-Doce* saíram sons alegres, que poderiam ser interpretados como uma gargalhada curta e atrevida.

— De tão fiel que é à realidade — continuou *messer* Leonardo. — Tenho ainda a dizer de Giovanni Montorfano, que ele sabe trinchar um coelho ou um faisão com tal perfeição, que até aí podemos reconhecer a sua mão habilidosa.

Os sons da lira transformaram-se em cabriolas e, por entre as gargalhadas abafadas da comunidade da corte, ouviu-se a voz do prior enfurecido.

— Sabe-se, *messer* Leonardo, qualquer um sabe que o senhor tem a língua mais afiada de Milão — exclamou —, e quem começou a dar-se consigo, passou a ter cada vez mais inconvenientes e chatices. Os irmãos de São Donato cantam desde há anos uma canção sobre isso. Quem me dera tê-los escutado.

— Eles referem-se — disse *messer* Leonardo calmamente — à Adoração dos Pastores que comecei a pintar por ordem dos monges de São Donato e que nunca terminei devido ao apoio que o *Magnífico* me concedeu.

— Se era uma Adoração e o que o *Magnífico* teve a ver com isso, não sei — explicou o prior. — O que eu sei é que os monges tiveram prejuízos por causa de si. Mas, segundo as suas próprias palavras, parece que deixou que o seu trabalho lhe fosse pago duas vezes, uma vez pelos monges e outra vez pelo *Magnífico*, e que tanto uns como o outro ficaram a ver navios no final.

— A mim parece-me que se esconde uma história por detrás das suas palavras — disse o duque —, ou então tinha de conhecer mal o meu Leonardo. Foi isso que aconteceu, *messer* Leonardo? Deixe-nos ouvi-la.

— É uma história — confirmou *messer* Leonardo —, ainda que não muito agradável, e, se o senhor ainda a quiser ouvir, terei de começar com o que o reverendíssimo prior acabou de me recordar, que há catorze anos, no dia de Santa Madalena, fiz um acordo com os monges de São Donato em Florença, no qual lhes prometi...

— Sempre foi um grande prometedor — observou o prior.

— ... pintar para o altar-mor da sua igreja uma Adoração dos Pastores e dos Reis. No mesmo dia recebi dos monges um cântaro de vinho tinto como primeiro pagamento e fiz-me ao trabalho. Porém cedo me apercebi que para a representação dos pastores e dos reis, a um dos quais tinha pensado dar as feições do *Magnífico*, necessitaria de menos esforço e meditação do que para a parte mais importante do meu trabalho, que consistia em mostrar na pintura como todo o mundo recebeu nessa noite a mensagem da salvação, que foi anunciada a artesãos, senadores, lavradores, vendedoras de rua, barbeiros, cocheiros, carregadores e varredores de lixo, nas tabernas, aposentos, pátios, ruelas e onde quer que houvesse grupos de pessoas sentadas ou em pé apareceu alguém a correr e comunicou, algo que devia também ser gritado ao ouvido do surdo, que o Salvador tinha nascido nessa noite.

Estas últimas palavras foram acompanhadas por uma melodia de *Erva-Doce*, tão simples e religiosa como as cantigas entoadas pelos mineiros quando na noite de Natal se dirigiam para a missa por caminhos cobertos de neve. *Messer* Leonardo parou e escutou esta melodia que, agora que estava calado, prosseguia e se transformava em brados de alegria. Ficou parado e escutou até que ela terminou com um último e suave júbilo. Depois prosseguiu:

— No que diz respeito a esse surdo, que também deveria receber a mensagem da salvação, ocorreu-me que era muito importante observar e seguir a alteração da expressão da sua cara e em como aparentava indiferença relativamente a todos os acontecimentos que não o afectavam directamente e pelas suas feições reconhece-se primeiro a agitação que ainda desconhece a sua causa, depois o sofrimento de não conseguir entender e o receio de que possa ter acontecido algo de mau para ele. Mas entretanto chega o momento em que ele desconfia mais do que percebe que a ele também lhe aconteceu a salvação, no entanto na sua cara ainda não se reflecte a excitação, mas sim, em primeiro lugar, apenas a impaciência de querer saber de tudo rapidamente. Mas para anotar tudo isto com um lápis no meu caderninho necessitava de passar algum tempo na companhia de um surdo. Mas não encontrei nenhum...

— Agora já está — ouviu-se da janela a voz de Da Corte. — Entraram em acordo. O alemão assentiu.

— Ainda não. Ainda não está — respondeu-lhe Landriano. — Vejam, o estribeiro continua a tentar persuadi-lo. Estes alemães são duros como o couro quando se trata de dinheiro. Não se fazem progressos com eles, é mais fácil comunicar com um judeu.

Depois fez-se novamente silêncio. Os dois homens continuaram a observar o decorrer do negócio dos cavalos. Da poltrona do prior vieram suspiros tranquilos e regulares. Crivelli acenou a um criado de aparência infantil, que tinha trazido uma taça com frutas e pretendia voltar a afastar-se em silêncio, e ordenou-lhe, sussurrando, que se ocupasse do fogo da lareira que começava a extinguir-se.

— Não encontrei nenhum surdo em Florença — *messer* Leonardo retomou a palavra. — Na realidade parecia não haver uma única pessoa na cidade que tivesse perdido de tal modo a audição, que me pudesse servir dela para o meu estudo. Dirigia-me diariamente aos mercados e perguntava às pessoas, que compravam ou vendiam, mandei o meu criado às aldeias da região e quando regressou falou-me de cegos, coxos e todo o tipo de aleijados, mas não encontrou nenhum surdo. Porém, um dia quando regressava do mercado encontrava-se à minha espera em minha casa um sujeito completamente surdo. Era um exilado que estava de regresso a Florença. Foi apanhado pelos guardas da cidade a vaguear pelas ruelas e Lorenzo, o *Magnífico,* mandou retirar-lhe a audição para o castigar e com a intenção de ser amável para comigo. Reflictam, senhores! A significativa ferramenta que da melhor forma possibilita numa pequena sala como esta absorver os inúmeros sons e ruídos do universo e reproduzi-los com fidelidade, qualquer que seja a sua natureza, este delicado instrumento foi-lhe destruído por uma mão desajeitada e tudo por minha causa. Entendam, senhores, que eu não gostaria de continuar esta pintura, nem permanecer muito mais tempo numa cidade onde me eram feitos favores deste tipo. E é verdade que os monges de São Donato perderam um cântaro de vinho e ainda algum dinheiro que me enviaram para tintas, óleo e alvaiade, mas quão grande foi o prejuízo deles se compararmos com o que aguentou aquele exilado devido a esta lamentável adoração dos reis que conhecem Deus e, apesar disso, dão o mínimo valor às suas magníficas obras.

No silêncio que predominava a sala podia agora ouvir-se claramente a respiração do prior que, extenuado devido à viagem por maus caminhos, exausto pela argumentação e contra-argumentação e porque cada história que era obrigado a ouvir rapidamente o cansava, tinha adormecido na sua poltrona. O sono tinha suavizado as suas feições e feito desaparecer toda a agressividade. A sua cara, com as escassas madeixas de cabelo branco caídas sobre a testa, era agora a de um homem alheio a este mundo, muito tranquilo, e, deste modo, conduzia melhor a sua causa contra *messer* Leonardo enquanto dormitava, do que anteriormente com as suas indirectas e acessos de raiva.

— O senhor, *messer* Leonardo — afirmou o duque após algum silêncio —, contou-nos com grande emoção como gostaria que tivesse sido esta magnífica Adoração, e é uma lástima que o grande esforço que empregou na altura não tenha surtido outro resultado senão esta pequena história que soa triste mas que, contada por si, foi bonita de se ouvir. No entanto, ainda não nos esclareceu porque se mantém afastado da *Última Ceia* com tamanha teimosia, cuja conclusão deixa aquele velho homem impaciente, algo que pode apenas ter origem num grande amor à sua arte e à sua pessoa.

— Porque ainda não tenho, nem vejo o mais importante, nomeadamente a cabeça do Judas — deu *messer* Leonardo como resposta. — Compreendam-me bem, senhores: não procuro qualquer patife ou um delinquente que seja, não, eu quero encontrar a pior pessoa de toda a cidade de Milão, é ele que procuro para dar as feições a este Judas, procuro-o por todo o lado, onde quer que esteja, noite e dia, nas ruas, nas tabernas, nos mercados e também na sua corte, senhor, e antes de o encontrar não poderei prosseguir com o trabalho, a não ser que deixe o Judas de costas para os visitantes, mas isso trar-me-ia desonra. Dê-me um Judas, senhor, e verá como me lanço ao trabalho.

— Mas não disse recentemente — protestou o conselheiro de Estado di Treio — que tinha encontrado a pior pessoa da cidade de Milão na pessoa de um florentino de uma família antiga, um homem rico que deixava a sua filha fiar lã até altas horas da noite e não a deixava comer até estar saciada? Encontrei-a há pouco no mercado, onde ela, de modo a arranjar dinheiro para si, tentava vender algumas das suas poucas roupas.

— Desiludi-me com este homem, que aqui se dedica ao seu negócio de usura sob o nome de Bernardo Boccetta — esclareceu *messer* Leonardo com algum arrependimento na sua voz. — Não é mais do que um sovina miserável. Corre pela sua casa atrás dos ratos com as armadilhas, para não ter de arranjar um gato. Teria metido ao bolso as trinta moedas de prata e não teria traído Cristo. Não, o pecado de Judas não foi a avareza, e não foi pela cobiça do dinheiro que beijou o senhor no Jardim das Oliveiras.

— Ele fê-lo — afirmou Bellincioli — por inveja e pela maldade no seu coração, que ambas ultrapassavam a média humana.

— Não — contradisse-o *messer* Leonardo —, o Salvador ter-lhe-ia perdoado a inveja e a maldade. Onde existiu algum dia um grande que não conhecesse a inveja e a maldade dos mais pequenos? E é assim que quero representar o Redentor nesta *Última Ceia*: rodeado pela ambição, todos os pecados do mundo, também a inveja e a avareza, expiados pelo seu sacrifício. Contudo, ele não perdoou o pecado de Judas.

— Porque Judas conhecia-o bem e, apesar disso, seguia o mal? — perguntou o Mouro.

— Não — disse *messer* Leonardo. — Quem é que consegue sair vitorioso no mundo e realizar os seus trabalhos sem, por vezes, cometer traição e praticar o mal?

Nesse instante, e antes de o duque encontrar uma resposta para estas palavras ousadas, o estribeiro assomou-se à porta e, pelas suas maneiras, deu para perceber que tinha entrado em acordo com o negociante de cavalos alemão quanto ao preço do berbere e do siciliano. O duque deu-lhe de imediato a ordem para lhe mostrar novamente ambos os cavalos, que agora deveriam tornar-se sua propriedade, e toda a comunidade da corte o acompanhou para baixo.

Desse modo, *messer* Leonardo encontrava-se sozinho no Salão dos Deuses e Gigantes, apenas o prior dormia na sua cadeira e o criado atiçava ainda o fogo da lareira. E, como se tivesse esperado por este momento, *messer* Leonardo tirou o seu caderninho da bolsa e escreveu, evocando o comportamento e a expressão do prior que o repreendia, numa folha parcialmente coberta com esboços, começando pela direita e terminando na esquerda, as seguintes frases:

"Pedro, o apóstolo, enraivecido: deixa-o levantar o braço esquerdo, de modo a que os dedos fiquem dobrados à altura dos ombros. Arqueia e junta as suas sobrancelhas, cerra os dentes e curva ambos os cantos da boca em forma de arco. Assim ficará bem. Enche-lhe o pescoço de rugas."

Fez desaparecer o caderninho por baixo do cinto e quando voltou a levantar os olhos, o seu olhar caiu sobre o criado, um rapaz que não tinha mais de dezassete anos, que se encontrava junto à lareira com um cavaco na mão e o olhava fixamente com uma expressão de curiosidade, de excitação e de perplexidade. Fez-lhe sinal para que se aproximasse.

— Estás com um ar — disse — de quem tem algo para me dizer e sufocaria se não te deixasse falar.

O rapaz assentiu e respirou fundo.

— Eu sei — começou — que não é da minha conta. Até então também não tive a possibilidade de lhe prestar o mais pequeno favor, mas uma vez que agora se falava desse Boccetta...

— Como te chamas, jovem? — interrompeu-o *messer* Leonardo.

— Chamo-me Girolamo, aqui em casa tratam-me por Giomini, sou o filho do tecelão de brocado de ouro, Ceppo, que o conhecia. Ele tinha a sua oficina no mercado do peixe junto à barbearia, que ainda hoje se encontra no mesmo sítio, e eu vi-o uma ou duas vezes em casa dele.

— Ainda está vivo? — perguntou *messer* Leonardo.

— Não — disse o rapaz, enquanto olhava para o cavaco, que continuava na sua mão, e instantes depois acrescentou: — Suicidou-se, Deus ser-lhe-á clemente. Estava doente e era constantemente perseguido pela má sorte e, por fim, esse Boccetta, de quem se falava anteriormente, tirou-lhe o pouco que ele ainda possuía. Disse que esse Boccetta era apenas sovina mas, acredite em mim, também é um impostor e um desavergonhado e eu poderia ainda contar-lhe outras coisas sobre ele, tantas que ali o fogo se extinguiria, mas um Judas? Não, ele não é um Judas. Como poderia ele ser um Judas? Não existe no mundo uma única pessoa que ele ame.

— Conheces o segredo e o pecado do Judas? Sabes como ele traiu Cristo? — perguntou *messer* Leonardo.

— Traiu-o quando reconheceu que o amava — deu o rapaz como resposta. — Previu que o amaria demasiado e o seu orgulho não o permitiu.

— Sim. Este orgulho que o permitiu trair o seu próprio amor, esse foi o pecado de Judas — disse *messer* Leonardo.

Olhou para o rapaz com um ar atento, como se procurasse algo nas suas feições que valesse a pena reter. Depois tirou-lhe da mão um pedaço de lenha e observou-o.

— Isto é madeira de amieiro — constatou —, é muito boa, mas faz apenas um fogo muito suave. O mesmo acontece com o pinho. O fogo deveria ser alimentado com troncos de carvalho, pois estes obtêm o calor adequado.

— Refere-se ao fogo infernal? — perguntou o rapaz comovido, que ainda pensava em Judas, e que não se teria espantado de todo se *messer* Leonardo, que percebia de todas as artes e disciplinas e que até tinha pensado num espeto para a cozinha do ducado que girava por si só, tivesse agora planeado como melhorar as instalações do Inferno.

— Não, refiro-me aos fornos de fundição que construí — disse *messer* Leonardo e virou-se para se ir embora.

Em baixo, no antigo pátio, encontrava-se ainda o comerciante de cavalos alemão. Segurava na mão uma bolsa de pele, pois tinham-lhe pago apenas uma parte em letras de câmbio e oitenta ducados em dinheiro. Era um homem invulgarmente bonito, com cerca de quarenta anos, de estatura alta, com um olhar intenso e barba escura, a qual usava com um corte levantino. Estava de bom humor e contente com o mundo como Deus o tinha criado, pois tinha obtido o preço que tinha pensado para ambos os cavalos.

Assim que viu um homem de aparência respeitável e quase assustadora a atravessar o pátio e a dirigir-se para si, pensou de imediato que se tratava alguém que o duque tinha enviado até si e que talvez algo não estivesse em ordem com os cavalos. Mas em breve apercebeu-se que este homem caminhava absorto em pensamentos e não tinha um único objectivo diante de si. Então deu um passo para o lado, para lhe deixar o caminho livre, enquanto tentava colocar à força a bolsa com o dinheiro no bolso do seu sobretudo e, ao mesmo tempo, encostou a cabeça um pouco para trás com uma expressão de admiração e interrogação, como um homem que está pronto para ouvir explicações e, dadas as circunstâncias, travar conhecimentos.

Mas *messer* Leonardo, que tinha o Judas da sua *Última Ceia* no pensamento, não olhou sequer para ele.

2

O negociante de cavalos, que tinha tido um encontro tão breve com *messer* Leonardo, o *Florentino*, no pátio, chamava-se Joachim Behaim. Nascera na Boémia e era aí que vivia, no entanto preferia chamar-se de alemão, pois era algo que lhe concedia uma maior honra e prestígio nos países pelos quais viajava. Tinha vindo de Levante para Milão para aqui vender a qualquer preço ambos os seus cavalos, cavalos esses particularmente belos e para os quais, como ele afirmava, o local ideal seria a coudelaria de uma corte, e caso não tivesse entrado em acordo com o estribeiro do Mouro teria então de tentar a sua sorte na corte de Mantua, de Ferrara ou de Urbino. E agora que estava livre das preocupações de ambos os cavalos, cuja sustentação e manutenção lhe tinham custado diariamente uma boa quantia de dinheiro, e tinha nas suas mãos a soma da compra, podia regressar a Veneza, para onde o chamavam os seus negócios. Negociava tudo o que lhe era oferecido a preços baixos nos países de Levante. Tinha nos armazéns em Veneza toalhas e edredões da mais requintada lã e de pêlo sedoso cipriota no valor de mais de oitocentos ducados e o aumento ou a redução dos preços destes e de outros bens de Levante exigiam toda a sua atenção para não perder a oportunidade ideal de colocar a sua mercadoria no mercado, caso não quisesse ter prejuízos. Porém, não se conseguia decidir quanto à partida de Milão. Não que a vida nesta cidade o atraísse particularmente. Naquela altura tinha certamente reunido nas suas casas e palácios as mais distintas e mais sábias cabeças de Itália e qualquer um em Milão, desde o sapateiro remendão ao duque, fazia poesia com paixão, comentava, discutia, escandia, pintava, cantava, tocava piano ou fazia soar a lira e, se não soubesse nenhuma destas artes, pelo menos interpretava o seu Dante. Para ele, Joachim Behaim, esta cidade bastante famosa não era mais do que todas as outras, onde podia comprar e vender com proveito e à noite tinha a oportunidade de beber um bom vinho cipriota ou hipocraz em agradável companhia, sem ser enganado, e na qual se sentia em casa. Mas ficou em Milão, porque alguns dias antes tinha encontrado uma rapariga que o tinha deixado intranquilo devido à sua aparência, à sua forma de andar, à sua postura e ao sorriso que lhe tinha oferecido e que o tinha conquistado de tal modo que ele não conseguia parar de pensar nela dia e noite. E, como acontece com os apaixonados, teve a sensação que jamais veria uma rapariga tão bela e tão graciosa, mesmo que percorresse o mundo inteiro.

Contudo a sua teimosia tê-lo-ia negado se tivesse de admitir que estava enfeitiçado e que era o desejo de voltar a ver esta rapariga e de travar conhecimento com ela que o mantinha em Milão. Via as raparigas e as mulheres que até então tinha encontrado na sua pátria ou em outros países apenas como doadoras de curtos momentos de alegria, criaturas com as quais se passava um bom bocado. Não tinha sentido amor por nenhuma delas. Não queria, de todo, admitir que desta vez se tinha apaixonado a sério e, por isso, assegurava-se constantemente que, na realidade, não ficava em Milão por causa desta rapariga, porque isso seria ridículo, a não ser que não o conhecessem bem. A rapariga era o menos, pois já tinha há bastante tempo a intenção de cobrar uma antiga dívida nesta cidade e não iria perder a oportunidade de voltar a receber o seu dinheiro, após tantos anos de reclamações e de uma espera em vão, e ninguém lhe poderia exigir que não a contestasse e que desistisse simplesmente de um direito tão evidente. Ele não era assim, um direito tinha de se manter um direito. E repetiu-o tantas vezes para si próprio que acabou por se convencer que apenas esse assunto e nenhum outro o mantinha em Milão.

Mas no que diz respeito à jovem milanesa que, sem saber, o deixara tão inquieto, tinha-a encontrado na rua de Santiago, junto ao mercado das frutas e dos legumes, à hora da Ave-maria, numa altura em que essa rua se encontrava apinhada de gente mais do que o habitual, e entre aqueles que a atravessavam para adquirir os seus nabos, repolhos, maçãs, figos e azeitonas no mercado, encontravam-se ainda os que vinham do serviço religioso da igreja vizinha. De início não tinha sequer reparado na rapariga e talvez ela tivesse passado despercebida por ele se, como mandam os bons costumes, ela tivesse mantido a cabeça em baixo e ele pensasse no seu negócio dos cavalos. Nesse momento ouviu os sons de uma cantiga e quando olhou viu um homem que se encontrava em cima de um barril no centro do ruído e da azáfama do mercado — por entre cestos de uvas, burros que zurravam, carregadores que rogavam pragas, lavradores que discutiam, mulheres que regateavam e gatos que se aproximavam sorrateiramente — e que cantava tranquilamente a sua cantiga com uma voz harmoniosa como se estivesse completamente sozinho na praça e houvesse apenas silêncio à sua volta e, ao mesmo tempo, abanava os dedos como se tocasse numa lira. Joachim Behaim teve de se rir dessa situação, até que depois reparou que o curioso cantor olhava com um ar ansioso precisamente na sua direcção, de Joachim Behaim, e ao olhar à sua volta avistou a rapariga.

Tornou-se óbvio nesse instante que a música poderia apenas dirigir-se a ela. A rapariga estava parada e sorria. O seu sorriso era especial, continha tudo: um reconhecimento e um cumprimento, timidez e alguma alegria, diversão e algo como agradecimento. Com um movimento quase imperceptível com a cabeça acenou ao cantor que se encontrava em cima do barril. Depois virou-se, ainda sorrindo, e o seu olhar caiu sobre Joachim Behaim, que ali estava com um ar fascinado e em cujo olhar se podia ler a confissão de uma paixão acesa. Olhou para ele e o sorriso, que ainda não tinha desaparecido da sua face, tornou-se num outro sorriso que agora se dirigia a ele.

Olharam-se. Os seus lábios estavam cerrados, as suas feições eram as de quem não se conhece, mas os seus olhos questionavam-se:

Quem és tu? De onde vens? Para onde vais? Vais amar-me?

Depois os olhos dela deixaram os dele, como quando se afasta após um abraço, ela acenou-lhe com a cabeça de forma quase imperceptível e foi-se imediatamente embora.

Joachim Behaim, como que acordado de um feitiço, perseguiu-a, não queria perdê-la de vista, e agora ia atrás dela tão rápido quanto conseguia, com muitos "Irra" e "Vai para o diabo!" furiosos pelo meio, porque, como sempre, quando tinha pressa, todos os carregadores e almocreves se atravessavam à sua frente, e enquanto ia atrás dela viu um lencinho no chão, precisamente em frente aos seus pés. Apanhou-o e deixou-o deslizar por entre os seus dedos, pois sabia que todos os tipos de lencinhos deviam ser de linho ou de seda e vir da Flandres, de Florença ou de Levante, e este, que ele agora segurava na mão, não precisava sequer de o ver para saber que era feito de requintado linho de brilho sedoso, designado de *Boccaccino* no mercado, e que as mulheres e raparigas de Milão usavam, porque se tinha tornado moda colocar estes lencinhos na lateral dos seus vestidos, e acordado poderia imediatamente afirmar quanto custaria uma vara deste *Boccaccino*. Era óbvio para ele que a rapariga tinha deixado cair o lencinho propositadamente, ele deveria apanhá-lo e entregar-lho, ela ficaria parada e fazer-se-ia de surpreendida: "Sim, senhor, na realidade esse lencinho é meu, não reparei que o tinha perdido, obrigada, senhor, onde o encontrou?" E, deste modo, já estariam no meio de uma conversa. Este tipo de pequenos estratagemas e artimanhas eram utilizados pelas mulheres no Sul e no Norte e até mesmo pelas milanesas, de quem se dizia que tinham recebido da natureza uma boa disposição e que estavam sempre predispostas a amar e a ser amadas.

Era uma Aninhas encantadora, disse para si mesmo, pois qualquer rapariga que lhe agradasse era para ele uma Aninhas, e caso se constatasse que se chamava Giovanna, Maddalena, Beatrice ou, se viesse de um país de Leste, Fatimah ou Dschulnar, para ele seria sempre a Aninhas.

Mas agora não havia tempo a perder, disse a si mesmo, no entanto, nesse mesmo instante, reparou que a rapariga já não estava à sua frente, já não via a sua Aninhas, ela tinha desaparecido e isso surpreendeu-o e confundiu-o de tal modo que se deixou empurrar para um lado e para o outro e atropelar pelos almocreves e carregadores, antes de finalmente se aperceber que a sua aventura, que tinha tido um início tão prometedor, mal tinha começado e já tinha terminado.

— A culpa é dela e não minha, se ela não reaver o seu lencinho — disse, aborrecido e muito desiludido. — Um *Boccaccino* dos melhores e quase inutilizado não se abandona simplesmente assim. Porque tinha ela tanta pressa? Pelo menos podia ter-se virado uma vez! Jesus, aqueles olhos, aquele rosto! Irra, devia tê-la seguido mais depressa!

Enquanto, deste modo, discutia e barafustava consigo mesmo e com a rapariga e até culpou a rapariga por terem perdido o contacto visual, apercebeu-se de que, uma vez que ela tinha desaparecido, poderia pelo menos ir ao encontro do invulgar amado dela e podia ser até que travasse conhecimento com ele. Talvez fosse possível descobrir algo sobre ela através dele, dizia a si mesmo, sobre a sua pessoa e as suas qualidades, a sua origem, algo sobre a sua tradição, os seus hábitos e a sua família, onde poderia voltar a encontrá-la e se era uma rapariga honrada ou se, por acaso, era uma das fáceis, pois gosta-se sempre de saber ao que se vai.

O cantor no mercado tinha entretanto terminado a sua cantoria e descido do barril. Joachim Behaim, que para ele se dirigia, olhou com um ar surpreendido para este indivíduo, que se comportava como um rapaz apaixonado e tinha feito troça dos almocreves, que tinha já uma certa idade e era capaz de ter ultrapassado largamente os cinquenta anos. Para Joachim Behaim era como se já tivesse encontrado alguma vez numa das suas viagens este homem, que não parecia um amado, mas quase a própria morte escanzelada, mas isso deveria ter sido há bastante tempo e num outro país. Talvez em França? Em Troyes? Em Besançon ou na Flandres? Na Borgonha? Não se conseguia recordar do local e das circunstâncias aproximadas do encontro, pareciam ter ficado num encantador passado distante, mas quanto mais reflectia, mais seguro estava que não era a primeira vez que via esta cara, cujas rugas profundas tinham sido originadas pelos anos, experiências, paixões e certamente também por desilusões e algumas preocupações.

O homem parecia ter-se apercebido de que Joachim Behaim se aproximava dele com a intenção de abordá-lo. Olhou para ele com as sobrancelhas arqueadas e a sua cara ganhou uma expressão fria e distante. *Com um ar orgulhoso como o de alguém que está a ser levado para a forca*, passou pela cabeça de Joachim Behaim, e, ao mesmo tempo, tomou consciência do absurdo desta ideia, pois ninguém vai para a forca com um ar orgulhoso. Lastimoso, desesperado, em busca de compaixão ou talvez até mesmo indiferente, se estivesse conformado com o seu destino. Este homem de feições orgulhosas parecia não aceitar bem um questionário sobre aquela rapariga e parecia não estar inclinado a dar explicações a quem quer que fosse. Talvez aceitasse com agrado qualquer motivo para uma briga, como se a espada não se segurasse na bainha.

A Behaim não lhe faltava coragem e em brigas e rixas também se saía muito bem. No entanto, preferia ser cauteloso e, numa cidade que não era a sua e na qual não tinha um único amigo, preferia manter-se longe de querelas, pois era impossível prever ao que levariam.

Por isso passou em silêncio pelo homem, com uma indiferença fingida e sem sequer lhe lançar um olhar.

Desde então não tinha voltado a ver a rapariga, mas também não tinha ido todos os dias à rua de Santiago, pois a venda de ambos os cavalos tinha-lhe tomado muito do seu tempo. Agora que este difícil negócio tinha sido realizado e já não pensava nesse assunto, deixou a sua pensão, apesar de esta lhe ter oferecido todo o conforto que exigia e que seria de esperar num país estrangeiro, e alugou um amplo sótão com uma cama na rua de Santiago, na casa de um homem que geria um negócio de velas.

Observou a rua em baixo a partir da janela do seu quarto durante uma tarde inteira, mas a rapariga não se deixou avistar.

Apercebeu-se de que, quando a visse, teria primeiro de descer apressadamente as escadas íngremes e atravessar a sala que o comerciante de velas utilizava como armazém e que entretanto a rapariga já teria certamente desaparecido de novo e aborreceu-o o facto de não ter pensado nisso antes. Mas também disse a si próprio que tinha ficado em Milão por causa de um outro assunto muito mais importante. Isso da rapariga tinha vindo por acréscimo e agora deveria sobretudo tentar receber finalmente o seu dinheiro e, uma vez que estava cansado da espera e de descer as escadas e, além disso, começava a escurecer, desceu até à loja do comerciante de velas para se aconselhar com ele.

O comerciante de velas era um indivíduo bastante simples, que não olhava para além da porta da sua loja, mas, ainda assim, conversador e presunçoso e não deixava ir embora facilmente quem iniciasse uma conversa com ele. Este "alemão" chegou precisamente na altura certa.

— Entre, entre, sente-se e ponha-se à-vontade — começou —, e diga-me o que o perturba, pois já vivo há tempo suficiente nesta cidade para lhe dar o meu conselho e colocar-lhe nas mãos todo o tipo de informações e ser-lhe, deste modo, prestável. Quer comprar ou vender alguma coisa aqui ou o que se passa? Se pretende comprar ou vender alguma coisa, tenha cuidado, senhor, é este o primeiro conselho que lhe dou, não compre nada sem me perguntar primeiro, pois esta cidade tem, como se costuma dizer, homens mais poderosos, pedras maiores e canalhas piores do que qualquer outra. Ou tem algo a queixar-se sobre a sua saúde? Procura um boticário, um médico? Está com ar de quem lhe fazia bem tirar um pouco de sangue.

— Estou aqui em busca de um homem que há bastante tempo me deve dinheiro por mercadorias que levou do meu pai para vender — disse Behaim, como se tivesse chegado a sua vez de falar. — Sempre tive sangue em abundância, mas sinto-me muito bem assim.

— Procura um homem que lhe deve dinheiro de mercadorias que levou do seu pai? — repetiu o comerciante de velas de um modo tão lento e sério, como se esta mensagem lhe desse motivos para reflectir, mas primeiro tivesse de memorizá-la palavra por palavra. — Que tipo de mercadoria? — quis saber.

— Pequenas latas de prata para guardar agulhas — informou Joachim Behaim. — E também pantufas de todo o tipo, às quais se dá o nome de *Zoccoli* em Veneza.

— *Zoccoli, Zoccoli* — repetiu o comerciante de velas, como se esta palavra o fizesse mergulhar em pensamentos profundos. — E latas de prata, é o que diz? Tem a certeza de que ainda está vivo?

— O homem que me deve dinheiro? Sim, está vivo — esclareceu o alemão. — Disseram-me.

— É pena — afirmou o comerciante de velas. — Essa não vem nada a calhar e temo que neste caso não vou poder ser-lhe útil com uma informação. Na realidade, não tem sorte. Como deve saber, forneço as minhas velas para os túmulos e para os funerais, é esse o meu negócio, e desse modo tenho conhecimento antes de toda a gente aqui em Milão de quem morreu. Apenas depois se vem a saber quem eram e qual a reputação que tinham quando eram vivos.

— A sério? É mesmo assim? — admirou-se Behaim.

— Mas se ainda está vivo — continuou o comerciante de velas —, aqui fica o meu conselho: dirija-se a um dos grémios de transportadores e pergunte-lhes sobre este homem. Pois os transportadores aqui em Milão entram em todas as casas, sabe, e, desse modo, não há nada que não saibam. Mas veja se não se aconselha junto a um que carrega demasiado a corcunda com caixas e fardos, com esse é melhor não falar, pois não se ficará pelos seus "Eh!" ou "Oh!" ou "Tenha cuidado!" ou "Afaste-se!", poderá facilmente tornar-se ofensivo e se não fizer outra coisa senão desejar-lhe a peste ou apoplexia ou a cárie dentária, então poderá dizer que se saiu bem. Sim, dos carregadores daqui de Milão pode ouvir-se tudo!

— Ainda há mais uma coisa que gostaria de perguntar — disse Behaim. — Há uns dias passei por esta rua e queria algo bom e agradável para a noite...

— Algo bom e agradável para a noite? — exclamou o comerciante de velas claramente surpreendido. — Nisso posso ajudá-lo. Se é isso que deseja, é fácil dar-lhe um conselho. Vá e compre umas lampreias! É algo para um paladar requintado, algo muito elegante e é a altura certa para elas. Eu cozinho-as para si, enquanto entretanto arranja um vinho e passaremos uma noite divertida um com o outro. Um diz isto, o outro diz aquilo...

— Mas para a noite eu não tinha pensado em lampreias, mas sim numa rapariga — interrompeu-o Behaim. — Numa pessoa bonita, e eu tive sorte, pois encontrei uma que me agradou por completo. Porém, perdi-a de vista e não voltei a vê-la, mas ocorreu-me que talvez ela já tivesse passado mais vezes à porta da sua loja e que, quando a descrevesse, me soubesse dizer quem ela é.

— Vamos a isso! — encorajou-o o comerciante de velas. — Mas seja breve, senão ainda lhe compram as lampreias todas. Desta vez veio à pessoa certa, pois eu conheço todas as raparigas deste bairro, ainda as conheço do tempo em que pensava casar-me. Quer acredite em mim ou não, na altura elas apaixonavam-se por mim como tordos, quando chegam na época da maturação da uva.

— Quanto tempo passou, desde que pensava em casar-se? — perguntou Joachim Behaim.

— Já alguns anos — admitiu o comerciante de velas com um suspiro. — Deixe-me pensar. Sim, devem ter passado cerca de dez ou quinze anos. Tem razão, a seguir à morte, o maior destruidor é o tempo e não se nota no vinagre que um dia também foi vinho.

— Era uma rapariga jovem e bonita, a que eu encontrei nesta ruela — informou Behaim. — De estatura alta, mas com contornos suaves. E tinha um narizinho...

Fez uma pausa e pensou, porque não sabia bem o que deveria dizer sobre este narizinho.

— Que lhe ficava excepcionalmente bem na cara — continuou. — E também não era arrogante. Sorriu assim que me viu e deixou cair o seu lencinho, este lencinho de bom *Boccaccino*, que eu lhe deveria levar.

— Ui! — exclamou o comerciante de velas. — Uma mulher tão atrevida como essa que dá sinais aos homens! Com ela levará pouca honra para casa.

— Tenha cuidado! — disse o alemão exaltado. — Como se atreve a falar assim dela? E, sobretudo, quem está a falar de honra? Eu quero divertir-me com ela e é tudo. Honra! Macacos me mordam, se a sopa está boa, porque se preocupa com o prato?

— Tem razão! Tudo bem! — acalmou-o o comerciante de velas, que não queria perder lampreias. — O problema é seu e não meu. Faça o que quiser com ela.

— Ainda não cheguei tão longe — queixou-se Behaim. — Fique a saber que ainda só a vi uma vez e que não voltei a vê-la.

— O senhor irá vê-la, irá vê-la tantas vezes quantas quiser — prometeu-lhe o comerciante de velas. — Só precisa de passar pela casa dela, ela estará à janela e esticará o pescoço na sua direcção. Ou então estará sentada num banco em frente à casa quando souber que lá vai, imaculada como a Virgem Maria, como se se preparasse para a Assunção.

— É esse o problema, não sei onde é a casa dela e não sei onde deverei procurá-la.

— Onde deverá procurá-la? — exaltou-se o comerciante de velas. — Ali, acolá, nesta rua, naquela rua, na igreja, nos mercados, nas barracas da feira. Há lugares mais do que suficientes para procurá-la, Milão é uma cidade grande.

— Já me apercebi — disse Behaim — que talvez haja um caminho que me leve até ela.

— Centenas de caminhos — argumentou o comerciante de velas, como se um grande número de caminhos fosse ainda mais útil para Behaim.

— Ela parece — continuou Behaim — ter uma amizade com um indivíduo que lhe consigo descrever muito bem, pois observei-o com muita atenção. É um indivíduo, magro, escanzelado, com um nariz de gancho, já avançado na idade, usa meias de pele de carneiro cinzenta e um sobretudo velho de má qualidade, debruado com um pouco de veludo, e que por vezes se encontra no mercado a cantar.

— Encontra-se no mercado e canta! — exclamou o comerciante de velas. — E quando está embriagado não dança o Gagliarde? Então sei a quem se refere. Sim, conheço esse homem. É um tipo de poeta, recita versos escritos por si mesmo e sabe atirar as suas palavras de forma tão habilidosa como o tecelão o seu fuso. Não é um dos nossos, deve vir da zona de Aosta ou ainda de mais longe, mas dança o Gagliarde como só sabe dançar quem nasceu na Lombardia. Como se chama ou qual a sua alcunha, não sei, mas pode ser encontrado todas as noites na taberna do Cordeiro. Aí senta-se com pintores, músicos, escritores de pasquins e os mestres canteiros da catedral e em toda a vizinhança se ouve o barulho que fazem.

— Estou-lhe eternamente grato — disse Behaim. — Procuro uma companhia divertida para a noite.

— Deverá tê-la — explicou o comerciante de velas. — A melhor que conseguir encontrar. Agora vá e compre as lampreias.

Entretanto eu acendo o lume no fogão. O senhor arranja o vinho, eu ainda tenho uns pedaços de carne de carneiro. O senhor não me conhece. Se eu estiver de bom humor, não parará de chorar a rir com o que lhe contar durante toda a noite. Quer ouvir como uma vez cobrei o dinheiro da estadia a uma prostituta?

O alemão coçou o braço esquerdo com a mão direita, como fazia sempre que algo não lhe agradava.

— Uma outra vez — decidiu-se. — Hoje vou ter de me desculpar. Na realidade, estou-lhe muito agradecido. Mas onde encontro então esta taberna do Cordeiro?

— Não me pergunte isso a mim — disse o comerciante de velas melindrado. — Eu não sou um desses que gasta o seu dinheiro na taberna. Se preferir a companhia dessa gente à minha, tudo bem, Deus o proteja, vá até à praça da catedral, vagueie um pouco por ali e, quando ouvir um barulho infernal, vá atrás dele. O senhor sabe que estou aqui para lhe dar alojamento, assim como a qualquer um que não seja desta cidade, mas no que diz respeito a tabernas, então terá de perguntar a outra pessoa.

3

A chuva caía sem parar e Joachim Behaim entrou na taberna do Cordeiro através da pequena porta. O seu olhar procurou de imediato a lareira e assim que viu os cavacos, dispostos em camadas em torno da mesma, entrou com um ar satisfeito e fechou a porta atrás de si, pois em noites molhadas e geladas como esta não havia nada melhor para ele do que um bom fogo de lenha. O taberneiro não parecia poupar no lume, mas sim no óleo, pois apenas um dos dois candeeiros, presos ao tecto com correntes de ferro, estava aceso e a sua luz permitia somente iluminar uma parte da ampla sala com os seus cantos e nichos. Apesar disso, o alemão reparou de imediato, mal se sentou, que o homem pelo qual se tinha ali dirigido não se encontrava entre os clientes. Estavam sentados em mesas redondas de madeira cerca de dez homens que bebiam e falavam simultaneamente num tom de voz alto. Entre eles havia alguns vestidos de um modo vistoso segundo a moda espanhola ou francesa, outros tinham uma aparência pobre e andrajosa, como se as roupas não fossem tratadas há muito tempo, os restantes usavam um avental e socas de madeira e havia um, sentado à parte, que desenhava no tampo da sua mesa figuras geométricas com giz e usava um hábito de monge. Behaim cumprimentou todos eles inclinando-se para a esquerda e para a direita com o barrete na mão.

O taberneiro, um homem forte e pesado, saiu de um canto e tirou o sobretudo molhado de Behaim dos seus ombros. Depois perguntou-lhe o que desejava. Nesse instante levantou-se um dos clientes, colocou-se atrás do alemão e fez-lhe três cruzes nas costas, sem ser visto por ele, como fazem por vezes as pessoas que encontram na rua um ladrão e patife. Alguns dos clientes, mestres canteiros, pintores, escultores de madeira e músicos, tinham acordado entre si pregar uma partida ao taberneiro e pretendiam que ele chegasse ao ponto de levar uma sova ou, pelo menos, alguns pontapés. Tinham conduzido a conversa de modo a referir que cada uma das tascas e tabernas da cidade tinha sido visitada por um homem que se tinha deixado servir da melhor forma com capões, empadas, requintada pastelaria e os vinhos mais caros, e que depois tinha desaparecido sem pagar ao taberneiro. E tinham prometido ao taberneiro do Cordeiro, dada a sua insistência, que lhe indicariam, através de um sinal combinado, quando esse homem se deixasse ver na taberna e, agora que o alemão tinha acabado de entrar na sala, tinham dado ao taberneiro o sinal combinado.

— Pode trazer-me — disse Behaim ao taberneiro, que o olhava fixamente — um trago de vinho, mas apenas dos melhores.

— Dos melhores, sim senhor! Era mesmo isso que eu esperava — exclamou o taberneiro aborrecido por aquilo que ele considerava um descaramento por parte deste indivíduo. — E talvez um lombo de cordeiro bem condimentado ou um capão com um guisado de requintados cogumelos? Senhor, só uma coisa: sei o que sei e vejo tudo. Ninguém dá um passo que me escape. Sei ser cuidadoso. Se eu tivesse vigiado o túmulo de Cristo, pode ter a certeza que não teria ressuscitado.

Behaim não disse nada e olhou apenas para ele admirado. Não compreendia o que significava este discurso e porque não tinha recebido imediatamente o seu vinho. Contudo, um dos mestres canteiros que ali se encontrava sentado de avental e socas de madeira, disse de um modo simpático e sereno, como alguém que sabe mais:

— Taberneiro! Teria ressuscitado.

— Não teria ressuscitado! — exclamou o taberneiro, irritado com o facto de alguém ter posto em causa a sua capacidade de vigiar. — Teria pensado duas vezes, digo-lhe!

— Teria ressuscitado — repetiu o mestre canteiro com teimosia, e parecia com isso querer dizer que o alemão, apesar de toda a atenção dada a este pelo taberneiro, se tentaria esquivar de pagar a conta.

— Então, raios me partam, teria ressuscitado, mas antes eu ter-lhe-ia partido todos os ossos do cadáver! — gritou o taberneiro fora de si, irritado com todos os comentários contraditórios do mestre canteiro e, nesse momento, já não pensava em Cristo, mas sim apenas no alemão que, como ele supunha, tinha em mente enganá-lo.

— Porque grita ele com tanta raiva? — perguntou agora o homem com o hábito de monge, que tinha acabado de levantar a cabeça das suas figuras geométricas. — De que se fala?

— Da gloriosa ressurreição de Cristo, reverendíssimo irmão Luca — respondeu o mestre canteiro num tom de grande respeito, pois o irmão Luca ensinava matemática na Universidade de Pavia.

— E por causa da ressurreição de Cristo precisas de fazer este barulho todo? — virou-se o monge sábio para o taberneiro.

— Sim, é um problema meu e não seu — esclareceu o taberneiro. — Pois este é o meu estabelecimento e zelo pela ordem aqui. Também não me preocupo com os seus desenhos e figuras, desde que os possa apagar com o espanador quando se for embora, para que um cristão se possa voltar a sentar à mesa.

O monge já não o ouvia. Tinha regressado às suas reflexões matemáticas.

— Senhor! — disse Joachim Behaim ao taberneiro. — Ainda espero pelo meu vinho e no que diz respeito à ressurreição do Salvador, não sei. Talvez haja aí alguma ligação que desconheço, mas não vim aqui para praticar teologia. Leve o meu sobretudo para a cozinha e pendure-o junto ao lume para secar. Quanto ao lombo de cordeiro bem condimentado falamos mais tarde, mas eu não como cogumelos.

O taberneiro contemplou primeiro o sobretudo que tinha na mão e, para sua admiração, reparou que o sobretudo era feito com o melhor tecido e, para além disso, debruado com a pele mais cara. Era certamente mais caro do que tudo o que o alemão pudesse consumir numa noite. E isso fê-lo aperceber-se que os seus companheiros o tinham feito passar por tolo.

— O senhor receberá imediatamente tudo do melhor — disse, acalmando Behaim. — Receberá o meu vinho santo de Castiglione, pelo qual vêm de tão longe pessoas ao meu estabelecimento, até de Pavia, como o reverendíssimo senhor que ainda agora, para mal dos seus pecados, se tentou meter nos meus assuntos. Ele gosta de desenhar as suas figuras e de me deixar em paz. A mim não me enganam — continuou num tom de voz mais alto, para que todos o pudessem ouvir. — Conheço a minha gente. Consigo perceber à primeira vista com quem estou a lidar. Estou a caminho, senhor, estou a ir.

E caminhou de cabeça erguida para a cave, sem olhar para os seus inimigos, para encher um jarro de barro com o vinho santo.

Joachim Behaim sentiu-se verdadeiramente confortável quando provou o vinho. Deste aqui — disse para si mesmo — gostaria de tomar todas as noites e, onde quer que esteja, ter um jarro cheio junto à minha cama. Encostou-se na sua cadeira e fechou os olhos. À sua volta continuou a conversa dos pintores e dos mestres canteiros que falavam sobre coisas que nada tinham a ver com o que o alemão fazia ou já alguma vez tinha feito.

— ... por isso preferia pintá-la como Leda, nua e a olhar para baixo...

— Com o cisne no colo?

— Deveria alguém acreditar nisso? Mas que gente é essa, que encomendou esta obra?

— Para índigo, alvaiade e ouro não gastei menos de onze liras.

— Nua, mas de um lado...

— ... e ele abre a arca, coloca a cabeça lá dentro, como se nela quisesse desaparecer, agora penso, ele vai buscar o dinheiro...

— ... envolta em três véus, assim consigo mostrar do que sou capaz, pois isso é algo difícil na pintura...

— E com o cisne no colo?

— Um ferreiro de armaduras! Um mestre oleiro! Deveria alguém acreditar nisso? E um fundidor de bombardas!

— Ele puxa um pedaço de tecido da sua arca. Um pedaço de tecido para uma saia é o que ele me quer dar em vez de dinheiro. A mim, que enobreci os costumes desta cidade com a minha arte!

— Os três vão ocupar-se com isso durante dois anos.

— É um imbecil. É um sovina. Tinha vontade de lhe bater com o tecido de orelha a orelha.

— Se um não pertencer aos habituais companheiros que se sentam à mesa com os governantes que têm esta bonita obra para oferecer...

— Ele é um sovina!

— Com o cisne no colo?

— Sim, com o cisne no colo. Isso é assim tão importante? Qualquer um consegue pintar uma ave destas.

— Ali está o Mancino. Hoje demorou a vir. Aqui, Mancino!

— E mesmo se o próprio Papa o tivesse chamado, não teria chegado mais cedo. Ele dorme na casa da rapariga gorda, pela qual está louco.

— Caminha como um herói, vem da luta do amor...

— ... do bordel, onde moram os dois.

— Sim senhor, assim é. Venho directamente de lá. E quem tem alguma coisa contra isso?

A sonolência do alemão dissipou-se num instante, pois ele conhecia a voz rouca e harmoniosa que por fim se fez ouvir. Abriu os olhos. O homem que cantava no mercado, o homem com a cara enrugada e o olhar intenso estava na taberna e declamava versos:

"Diz-me que me amas. Quero de imediato
Recompensar-te com uma paixão acesa
Farei da tua cama o reino dos céus
No bordel, onde nós dois moramos."

— Taberneiro — interrompeu-se enquanto se sentava à mesa dos seus amigos. — Serve-me o que me podes servir por uma moeda de três cobres, mas sê cuidadoso na selecção dos pratos, para que não tenhas prejuízos, pois não tenho mais nenhuma destas moedas de três cobres na minha bolsa, mas esta é verdadeira e tem o seu peso completo. Onde é que parei?

"Nesta luta a vencedora foi a felicidade,
Como um dia Aquiles, o senhor dos mirmidões.

Vim embora, deixei-a adormecida
No bordel, onde nós dois moramos."

— Estes versos — disse uma das pessoas na mesa onde ele estava sentado — já nós ouvimos mais de uma dúzia de vezes e até mesmo o taberneiro consegue recitá-los de cor. Deixa que te ocorram novos versos, Mancino, e talvez ganhes um jantar com isso.

Behaim chamou a atenção do taberneiro para si.

— Quem é o homem que acabou de entrar? — perguntou. — Aquele com a moeda de três cobres. Tem uma aparência bastante curiosa.

— Aquele? — disse o taberneiro de um modo depreciativo. — Não é o primeiro que se escandaliza com a sua aparência. Faz versos, é um poeta. Recita os seus versos e é deste modo que consegue as suas refeições. Tratam-no por Mancino, porque faz tudo com a mão esquerda, até mesmo em esgrima ele golpeia e estoqueia com a mão esquerda, mas também é um verdadeiro matador. Como se chama na realidade ninguém sabe, nem ele mesmo. Alguém o encontrou uma manhã na estrada com a cabeça partida e levou-o até ao curandeiro e quando voltou a si tinha esquecido tudo o que tinha acontecido anteriormente, não se conseguia sequer recordar do seu nome. Curioso que alguém consiga esquecer o seu próprio nome. O *messer* Leonardo, que aqui vem frequentemente e tem conversas com ele... Como, senhor? Não conhece o *messer* Leonardo? O *messer* Leonardo que fez o cavalo do falecido duque em bronze? Nunca ouviu falar dele? Permita-me que lhe pergunte: de onde vem? Vem dos turcos? Deixe-me que lhe diga: alguém como este Leonardo encontra-se talvez uma vez em cem anos pelo mundo. O maior génio de todos, senhor! É o maior génio em todas as artes e ciências! Eu, senhor, enquanto taberneiro que sou, oriento-me melhor na minha cozinha do que em qualquer outro lado, não me pergunte, mas ninguém compra vinho melhor do que eu, mas pergunte aos outros, pergunte a quem quiser em Milão sobre o *messer* Leonardo, *o Florentino*, pergunte ao reverendíssimo irmão Luca ali ou ao mestre d'Oggiono, o pintor, sentado junto ao Mancino... Sim, exacto, precisamente esse Mancino de quem se fala, e o *messer* Leonardo disse que provinha da fractura do crânio e da anatomia, o facto de ele se ter esquecido do seu nome e da sua origem. Por vezes diz recordar-se, esse Mancino mesmo, e inventa que é filho de um duque ou de um outro homem nobre e que começou a viajar por prazer e que, diz ele, possuía casas na cidade, propriedades rurais, viveiros, bosques e a jurisdição de algumas aldeias e que está tudo à sua espera, mas não sabe onde. Depois volta a lamentar-se que sempre foi apenas um pobre vagabundo e que sobreviveu a muita fome, frio e outras pragas e que, por várias vezes, escapou à forca. Apenas Deus conhece a verdade. Já vem há alguns anos aqui à taberna, por vezes os seus amigos pagam-lhe o jantar, outras vezes não o fazem. Uma fatia de pão com salsichão é-me indiferente. Fala italiano como as pessoas que vêm das montanhas de Savoy, talvez seja lá que se encontre o seu ducado ou então na lua. Durante o dia anda por aí com mulheres desmazeladas e mais não sei sobre ele. É tudo o que sei.

Levou o jarro de barro de Behaim para o voltar a encher. O homem de quem tinha falado estava encostado na sua cadeira e olhava na direcção das vigas do tecto escurecidas pelo fumo, nas quais estavam pendurados os salsichões do taberneiro. Nesse momento virou-se para os seus companheiros da mesa.

— Estão no vosso direito — disse — quando me acusam de os aborrecer com os versos que já conhecem. Por isso, preparei agora mesmo alguns novos versos, que provavelmente não vos desagradarão de todo. Oiçam então a balada das coisas que conheço e, entre elas, uma que desconheço.

— Oiçam a nova balada do Mancino, das coisas que... Agora! Começa! Estão todos calados, são todos ouvidos! — exclamou o seu vizinho para a esquerda.

O taberneiro, que regressava com o jarro cheio de vinho, ficou parado à porta e escutou o que se estava a passar.

— Está aqui nesta taberna — continuou Mancino, enquanto se inclinava na direcção da mesa de Behaim — um senhor que nenhum de nós conhece e que talvez não esteja disposto a ouvir os meus versos. Talvez queira beber o seu vinho em sossego.

Behaim reparou que se referia a ele, uma vez que todos olhavam na sua direcção, levantou-se apressadamente e assegurou que estava tão ansioso quanto os outros para ouvir os versos. Era menos divertido para ele — continuou — beber o seu vinho sozinho, pois tinha-se ali dirigido na expectativa de poder tomar parte num agradável entretenimento. E mencionou o seu nome: Joachim Behaim.

— Então não há problema! — chamou-o um dos companheiros de Mancino, um homem calvo com um bigode já grisalho. — Sente-se connosco, nós queremos é beber juntos e boa disposição. Chamo-me Giambattista Simoni, sou escultor de madeira, poderá ver um jovem Cristo meu na catedral, imediatamente à direita do portal na primeira capela lateral. Aqui no Cordeiro sou o mestre dos noviços.

— Diabos me levem, se não descubro agora onde posso voltar a encontrar esta Aninhas — murmurou Behaim para si mesmo, e dirigiu-se para a mesa com a cadeira numa mão e o barrete na outra e disse novamente que se chamava Joachim Behaim. Ouviu os outros nomes, os quais esqueceu de imediato, e sentou-se junto ao escultor de madeira calvo, que se tinha identificado como o mestre dos noviços.

— A uma amizade próxima! — disse, e brindou a ele. — Já esteve na catedral? — perguntou de uma assentada, pois tal como todos os milaneses, tinha orgulho do símbolo que a cidade tinha erigido a Deus e em sua própria honra.

— Fui à igreja dos dominicanos — explicou Behaim. — Era mais confortável para mim, pois podia alcançá-la em apenas alguns passos. Mas isso agora acabou evidentemente. Agora, onde estou alojado, tenho na realidade a igreja de Santiago ao pé de mim, embora não fique assim tão perto. Foi precisamente hoje que saí da minha pensão na ruela dos ourives.

E agora, depois de se ter explicado e de ter satisfeito a curiosidade do mestre dos noviços, inclinou-se para a frente para a mesa e tentou iniciar uma conversa com Mancino.

— Eu vi-o, senhor — começou —, se é que não me engano, há uns dias no mercado...

— O que preferem os senhores? — perguntou Mancino, cujo pensamento tinha caído sobre os seus versos.

— No mercado dos legumes. Era aí que estava, um pouco elevado, nomeadamente em cima de um barril...

— A balada das coisas que conheço — disse Mancino e levantou-se — tem três estrofes e a elas segue-se, como sempre, um pequeno resumo.

— ... e cantava — voltou a insistir o alemão. — E a rapariga que passou...

— Silêncio! Silêncio para o Mancino! — exclamou nesse momento o mestre canteiro da mesa do lado com um tom de voz de tal modo firme, que o irmão Luca, que ainda se encontrava sentado e debruçado sobre as suas figuras geométricas, se assustou. O taberneiro, que estava prestes a encher o copo de estanho do alemão com vinho, ficou parado com o jarro de barro levantado, intacto como uma estátua.

Mancino tinha subido para cima da sua cadeira. A sombria luz do candeeiro iluminou a sua cara enrugada.

Estavam todos em silêncio, apenas na chaminé se queixavam e choravam as pobres almas. E começou:

"Conheço a árvore pela casca,
Conheço as artimanhas dos ciganos,
Conheço o amo pelos criados,
Conheço o golpe, conheço a estocada,
Conheço o padre pelo hábito,
Conheço as prostitutas da rua,
Conheço a honra, conheço a vergonha,
Conheço tudo, menos a mim."

O taberneiro baixou o jarro de barro, que se tinha tornado demasiado pesado para ele. Ambos os mestres canteiros estavam sentados como titãs cansados e olhavam para o chão, para as suas socas de madeira, um tinha o queixo e o outro a testa apoiados no punho. O irmão Luca tinha levantado a cabeça. Sem se aperceber, batia com o giz na mão ao compasso dos versos. E Mancino continuou:

"Conheço o vinho pela pipa,
Conheço a loucura dos loucos,
Conheço a virtude, conheço o pecado,
Conheço o grito de cada ave.
Conheço o bolor no meu pão,
Conheço as contas que nunca paguei,
Conheço o inferno, conheço o céu
Conheço tudo, menos a mim.

Conheço as moscas na sopa,
Conheço o beleguim do qual fugi,
Conheço os celeiros e os alpendres,
Conheço o "ou vai, ou racha!",
Conheço os táleres que um dia possuí,
Conheço a embriaguez e o esquecimento,
Conheço tudo, menos a mim.

Boa gente, conheço tudo em suma.
Conheço a morte, o terrível tirano.
Conheço a vida de uma ponta à outra.
Conheço tudo. Tudo, menos a mim."

— Isto foi o resumo — disse e saltou da cadeira. — Compreende *in nuce* tudo o que tinha a dizer relativamente a este assunto e as três primeiras estrofes eram superficiais como a maioria do que sai da boca e da pena dos poetas. Mas estou desculpado. Para mim tratava-se de um jantar.

O taberneiro acordou do seu espanto. Colocou o jarro de barro com o vinho santo em frente a Mancino.

— Não sou, como sabe, um perito em belas artes — disse —, mas pelo ar do reverendíssimo irmão Luca, que é um professor, vejo que conseguiu com isso algo verdadeiramente bom e inteligente. O facto de conhecer o vinho pela pipa não é algo que deva certamente contar a um taberneiro. Aí mentiu. Mas está perdoado. Entretanto prove este.

Voltou à cave para buscar vinho para Behaim.

Os companheiros de Mancino pouco disseram sobre os seus versos. No entanto, era possível perceber as suas opiniões pelo acenar e abanar das cabeças, pelos olhares que trocavam entre si e pelo jeito como brindavam a ele. Pescaram, primeiro um, depois o outro, uma pequena moeda de prata ou algumas moedas de cobre das bolsas e depois pediram peixe e carne assada para Mancino.

O taberneiro regressou, tinha-se apercebido de algo a caminho da cave. Dirigiu-se a Behaim para o servir e depois sussurrou-lhe:

— Exagerei, senhor? Um génio! Um dos melhores! Como lhe disse. Só não deve acreditar naquilo do pão bolorento e das moscas na sopa, isso é mentira. Moscas na sopa! No meu estabelecimento! Bem, o pão pode ficar bolorento quando há humidade, contudo não o sirvo aos meus clientes. Mas assim são os poetas! Quando se trata de uma rima, pouco lhes importa evocar a boa reputação de um homem honrado. Moscas na sopa! Na minha casa! Sim, contas que ele nunca paga... Pelo menos uma vez, por engano, fugiu-lhe a boca para a verdade. Em relação a isso e não às moscas...

— Deixe-me agora um pouco em paz — interrompeu-o Behaim.

— Tudo bem, o vinho é por minha conta — disse o taberneiro, que não se conseguia calar de imediato, mais para si mesmo. — Disse-o uma vez e mantenho a minha palavra, não retiro o que disse apesar das moscas. Sim, senhores, já vou, já aí estou, ele tem de ser atendido imediatamente.

O escultor de madeira voltou a virar-se para Behaim.

— Vem do outro lado das montanhas? — perguntou e apontou com o polegar por cima do seu ombro, como se algures atrás das suas costas se encontrasse a Alemanha. — Para lá da Albula e da Bernina?

— Teria sido uma viagem penosa nesta altura do ano — afirmou Behaim, e esvaziou o seu copo de estanho de um trago. — Não, senhor, eu venho pelo mar, dos países do Oriente.

Dos estados do *Grande Turco*. Fui negociante em Aleppo, em Damasco, na Terra Santa e em Alexandria.

— Como? Esteve por entre os turcos? — perguntou o escultor de madeira surpreendido. — E não foi empalado, nem maltratado?

— No país deles não praticam nem metade das empalações e maus-tratos — informou Behaim, que se sentia muito bem por todos o olharem como um fenómeno.

O escultor de madeira acariciava o seu bigodinho pensativo.

— Mas é verdade que eles se enfurecem com o sangue cristão — opôs-se.

— Quando praticam negócios, são bastante acessíveis — explicou Behaim. — Não são muito diferentes dos milaneses. Se um deles viesse até vós para lhes comprar arnês ou quinquilharias, empalá-lo-iam ou maltratá-lo-iam? Ou será que os habitantes de Siena o fariam com o maçapão ou os bolinhos deles? Também tenho uma carta assinada pelo próprio *Grande Turco*, o que me dá algum crédito.

Mancino olhou para Behaim com um súbito interesse.

— Quer dizer que os turcos virão para Itália no próximo ano? — perguntou.

Behaim encolheu os ombros e agarrou o copo de estanho.

— Eles estão a armar uma poderosa armada contra Veneza e dispõem de experientes capitães de navios ao seu serviço — relatou.

— Deus nos proteja! — exclamou um dos mestres canteiros. — Se eles comerem Veneza ao pequeno-almoço, servir-se-ão de Milão ao jantar.

— Deste modo — disse Mancino —, uma vez que o perigo está tão próximo e é tão ameaçador, deveria finalmente enviar-se um homem eloquente e experiente, segundo a exegese dos textos sagrados, à corte do *Grande Turco*...

— Lá está ele outra vez! — exclamou o pintor d'Oggiono, um homem ainda muito jovem, cujas madeixas de cabelo castanho lhe caíam sobre os ombros, rindo. — Não bate bem da cabeça desde há anos — explicou a Behaim. — Afirma ser esse homem e quer convencer o *Grande Turco* sobre o amor e a adoração da divindade de Cristo.

— Seria um feito magnífico — disse Mancino, com um olhar cintilante e ardente.

— É melhor esquecer essa ideia — aconselhou-o Behaim. — Os turcos são muito especiais no que diz respeito às suas crenças.

Bateu com o seu copo de estanho na mesa para chamar o taberneiro, pois o seu jarro estava vazio.

— Eu — retomou d'Oggiono a palavra — tenho mais esperanças no aparelho de mergulho que o *messer* Leonardo imaginou, para com ele furar os navios dos inimigos quando estes se aproximarem da nossa costa.

— No entanto, ele tem-se negado insistentemente até então — opôs-se o mestre de órgão e compositor Martegli — em colocar os planos desta máquina de mergulho nas mãos dos soldados, considerando a má natureza das pessoas que poderia levar a que os navios se afundassem juntamente com a tripulação.

— Isso é verdade — disse o irmão Luca, sem levantar o olhar dos seus desenhos —, e quero repetir-lhes as suas palavras, pois são dignas de serem recordadas. "Se a ti, criatura, a constituição e o mecanismo do corpo humano te parecem tão magníficos, então pensa que nada são em comparação com a alma que habita este corpo. Pois esta, o que ela pode ser, é coisa de Deus. Deixa-a viver na sua obra segundo a sua vontade e a sua complacência e não deixes que a tua ira e a tua maldade destruam uma vida. Pois, na realidade, quem não estima a vida, não é digno de a possuir."

— Quem é esse *messer* Leonardo? — questionou Behaim. — É a segunda vez que oiço falar nele esta noite. É o mesmo que fez o cavalo do antigo duque em bronze? Em todo o caso, ele sabe proferir bastante bem as suas palavras.

— É o mesmo — disse d'Oggiono. — Foi o meu professor de pintura, e o que sei aprendi com ele. Nem o senhor, nem ninguém, voltará a encontrar um homem como ele. Pois criar uma segunda vez um homem como este, é mais do que a natureza é capaz.

— E, mesmo quanto à sua aparência, é um homem magnífico — informou o escultor de madeira. — Provavelmente ainda o conseguirá ver hoje. Pois ele sabe que o irmão Luca, quando se encontra em Milão, pode ser encontrado aqui no Cordeiro.

— Não lhe daria tanta certeza — opôs-se o irmão Luca. — Pelo menos não a certeza que a matemática confere, que se rege pelas suas regras, pois por vezes à noite encontro-me na Sino. Mas aí os tampos das mesas têm um tipo de polimento que não permitem que o giz pegue.

Behaim apercebeu-se de que não se tinha ali dirigido por causa deste *messer* Leonardo e voltou-se novamente para Mancino, que tinha nesse preciso momento terminado o seu jantar, para tratar do assunto.

— No que diz respeito à rapariga... — começou.

— Que rapariga? — perguntou Mancino por cima da sua taça.

— Que passou pelo mercado. Que se riu para si.

— Calado! Nem uma palavra sobre ela! — sussurrou Mancino, deitando um olhar agitado ao escultor de madeira e a d'Oggiono, que discutiam ambos com o irmão Luca sobre o Cordeiro, o Sino e a matemática.

— Poderia dizer-me o nome dela — propôs Behaim —, pois este é um tipo de serviço que um homem presta a outro.

— Não fale sobre ela, peço-lhe — disse Mancino em voz baixa, num tom que augurava algo de mau.

— Ou como posso voltar a encontrá-la — falou Behaim determinado, pois tinha apenas uma coisa em mente.

— Isso não sei — disse agora Mancino um pouco mais alto, mas de modo que apenas Behaim o pudesse ouvir. — Mas quero dizer-lhe como a vai voltar a encontrar: de gatas a caminho de casa, pois é nesse estado que o vou deixar.

— Senhor! — irritou-se Behaim. — Está a abusar.

— Eh! *Hola!* O que se passa aí? — exclamou o pintor d'Oggiono, cuja atenção foi despertada pelas últimas palavras de Behaim proferidas num tom muito elevado. — Há discussão?

— Discussão? Depende — deu Mancino como resposta, com os olhos postos em Behaim e a mão no cabo do seu punhal. — Eu disse que é melhor abrir a janela para deixar o ar entrar e o senhor acha que esta deve ser mantida fechada. Em nome de Deus, que se mantenha fechada.

— Em nome de Deus, pode abri-la — disse Behaim carrancudo, engoliu o seu vinho e a mão de Mancino largou o cabo do punhal.

Houve silêncio por alguns instantes e, para terminar, d'Oggiono perguntou:

— Permanece em Milão devido aos seus negócios?

— Neste momento não devido aos meus negócios — explicou Behaim. — Tenho dinheiro a cobrar a alguém que me está em dívida há anos.

— Por uma pequena recompensa, senhor — disse Mancino, como se não tivesse acontecido nada entre ambos —, tratarei do assunto por si. Não precisa de se preocupar, deixe-me tratar do assunto como se fosse meu. Como sabe, estou sempre ao seu dispor para o servir.

Behaim deitou-lhe um olhar carrancudo, pois acreditava que este pudesse enganá-lo, e não voltou a olhar para ele.

O vinho, que tinha bebido em demasia, começava a subir-lhe à cabeça mas, contudo, ainda era senhor dos seus actos e das suas palavras e não queria ter mais nada a ver com este sujeito, que ainda agora tinha estado com um punhal na mão, nem para o bem, nem para o mal. E começou a explicar a sua situação a d'Oggiono:

— O homem que me deve dinheiro é um florentino que vive agora em Milão. Chama-se Bernardo Boccetta. Talvez me possa dizer como o posso encontrar.

Em vez de lhe responder, d'Oggiono encostou a cabeça para trás e deu uma gargalhada, a qual foi seguida pelos outros. Pareciam achar muito divertido o que este alemão tinha acabado de dizer. Apenas Mancino não se riu. Fixou o olhar em Behaim e as suas feições mostravam uma expressão de surpresa e de apreensão.

— Não percebo qual é a piada — exaltou-se Behaim. — Ele deve-me dezassete ducados. Dezassete ducados verdadeiros e bem pesados.

— Vê-se, senhor, que não é de Milão — explicou-lhe d'Oggiono. — Não conhece este Boccetta, senão gastaria o seu tempo com negócios lucrativos.

— O que quer dizer com isso? — perguntou Behaim.

— Que o seu dinheiro está tão perdido como se o tivesse atirado ao mar.

Para Behaim estas palavras foram como punhaladas no coração. Reflectiu durante um momento.

— Não diga disparates! — disse então. — Eu disponho de um documento com as minhas dívidas a receber.

— Guarde-o bem! — exclamou d'Oggiono.

— É o que pretendo fazer — disse Behaim enrolando a língua, pois o vinho pesava cada vez mais na sua cabeça. — Vale dezassete ducados.

— Vale dezassete cogumelos — riu d'Oggiono.

O escultor de madeira colocou a mão sobre o ombro de Behaim.

— E quando for tão velho como uma gralha — afirmou —, então não receberá nem sequer um cogumelo do Boccetta.

— Deixe-me em paz com os seus cogumelos! — gritou Behaim. — Não gosto sequer deles, nem guisados, nem na sopa!

— Quero dizer-lhe como são as coisas com este Boccetta — continuou o escultor de madeira. — Até agora enganou todos com quem tinha alguma coisa a ver. Foi à falência por duas vezes e de ambas as vezes envolveu fraude. Esteve na cadeia e conseguiu sair sem para tal receber obrigações. Todos sabem que é um impostor, mas ninguém o apanha. Quando lhe for exigir o dinheiro, dar-lhe-á palavras e nada mais do que palavras e quando virar as costas, rir-se-á de si e esse será o seu único lucro.

Joachim Behaim bateu com o punho na mesa.

— Sou homem para acabar com uma centena como ele — balbuciou. — Vou receber o que me é de direito. Aposto dois ducados contra um.

— Dois ducados contra um? — exclamou d'Oggiono. — Eu seguro a aposta. Combinado?

— Combinado — disse Behaim e alcançou a mão do d'Oggiono por cima da mesa.

— Pode processá-lo em tribunal — tomou agora a palavra o mestre de órgão. — Sim, pode fazê-lo, mas depois os advogados e os intercessores levarão o seu dinheiro e daí não sairá mais nada. Pense no que lhe digo. Vergonha e desonra não têm autoridade contra ele.

— Quem é o senhor? — perguntou Behaim na sua embriaguez. — Não o conheço. Porque é que se está a intrometer no meu assunto?

— Perdão! — murmurou com perplexidade o mestre de órgão, um homem calmo e humilde.

— Este Boccetta — informou o escultor de madeira — é um tipo esquisito. Vive como o mais pobre de todos os mendigos, leva o seu próprio cesto ao mercado quando vai comprar couve, pão velho e raízes, pois outra coisa não chega à sua mesa. E poderia estar bem e viver como um grande prelado. Tem dinheiro mais do que suficiente, mas enterrou-o ou escondeu-o, talvez por baixo de um monte de pregos enferrujados ou qualquer coisa do género. Passa fome por ter medo de alguma vez passar fome.

— Como uma sanguessuga — disse Behaim com um bocejo.

— Sim, é uma verdadeira sanguessuga — deu-lhe razão o escultor de madeira.

— Eu — disse Behaim, e apontou para o seu peito com a mão —, eu sou uma sanguessuga quando me agarro a alguém. Ele não vai ter sossego. Não vai ter sossego. E eu vou...

Os seus pensamentos confundiram-no. Tentou levantar-se, mas não conseguiu. Disse a si mesmo que deveria pôr-se a caminho de casa e, na realidade, de gatas, pois não lhe era permitido caminhar erecto como as outras pessoas. Olhou fixamente para a sua frente durante alguns instantes e depois ocorreu-lhe o que queria dizer.

— ... não vou embora de Milão antes de receber o meu dinheiro.

— Nesse caso — afirmou um dos mestres canteiros e aproximou-se dele —, faça o favor de me encomendar a sua lápide. Pois será aqui e em nenhum outro lado que será enterrado. Não me leve a mal, senhor, mas este é o meu negócio.

Joachim Behaim ouviu estas palavras, mas não lhes encontrou nenhuma lógica. O taberneiro tinha-se aproximado dele e pedido o seu dinheiro. Teve de o pedir uma segunda e uma terceira vez, cada vez num tom de voz mais elevado, até Behaim perceber que tinha de pagar a sua conta. Fez então aparecer a sua bolsa do dinheiro e espalhou por cima do tampo da mesa, com a mão a tremer, pequenas e grandes moedas de prata. O taberneiro ficou com o que tinha a receber, colocou o restante dinheiro na bolsa e devolveu-a ao alemão na mão.

Durante um momento Behaim ficou ali sentado, ensonado, de olhos fechados, com a cabeça inclinada sobre o peito. Os seus dedos seguravam com força a bolsa do dinheiro. Subitamente ouviu que se falava sobre ele.

— Um alemão que vem de Levante. Embriagou-se. Ninguém o conhece. Não sabemos o que havemos de fazer com ele.

Joachim Behaim bocejou, levantou a cabeça e abriu os olhos. Viu o homem que tinha encontrado nesse dia no pátio da antiga corte na conversa com o irmão Luca, este homem com o nariz arqueado, o cabelo ondulado, as sobrancelhas grossas e a enorme testa, o homem com a aparência assustadora. Queria levantar-se e dirigir-lhe um cumprimento, mas não foi capaz. A cabeça caiu-lhe sobre o peito e o sono apoderou-se dele.

Pela segunda vez o destino colocou Joachim Behaim no caminho de *messer* Leonardo e também desta vez Behaim voltava a segurar a sua bolsa do dinheiro com a mão fechada. Mas os pensamentos de *messer* Leonardo estavam no monumento do falecido duque, que tinha criado sob a forma de cavalos sentados.

— É o comerciante de cavalos, ao qual o Mouro hoje comprou os dois bonitos cavalos — disse. — Quem me dera que tivesse vindo antes a Milão. Se tivesse tido o seu grande berbere como exemplo para o cavalo do duque, o meu trabalho nesta obra teria ficado melhor.

4

A primeira coisa que Joachim Behaim reparou na manhã seguinte ao acordar foi o curioso pormenor de que um grosso infólio lhe tinha servido de almofada durante a noite. Depois tomou consciência de que se encontrava totalmente vestido e tapado com um sobretudo, que reconheceu como sendo seu, sobre um colchão de palha, e, enquanto reflectia sobre como tinha chegado a casa e porque se encontrava em cima de um colchão de palha e não na sua cama, uma agitação apoderou-se dele, que voltou a desaparecer de imediato, assim que apalpou os bolsos do seu sobretudo e encontrou a sua bolsa do dinheiro. Esfregou os olhos para afugentar o sono e apenas nesse momento se apercebeu de que não se encontrava sozinho no quarto. Uma pessoa de cócoras como um turco, de pernas cruzadas no chão, fazia algo numa arca, que parecia estar em cima de duas cadeiras juntas, e assobiava ao mesmo tempo. No entanto, Behaim estava seguro de que a arca não se encontrava no seu quarto no dia anterior e não sabia para que lhe serviria.

— Fora daqui! — disse num tom de voz tranquilo, mas todavia determinado, pois queria pôr o seu hospedeiro, o comerciante de velas, de uma vez por todas no seu lugar, já que este parecia ter-se dirigido ao seu quarto sem ter sido convidado e talvez tivesse a intenção de continuar a servir-se do mesmo. — O que procura aqui e, para além do mais, a uma hora destas? Leve a sua arca e desapareça daqui.

— Um bom dia! — disse o homem que estava acocorado no chão. — Com que então está acordado, e se fizer parte dos deveres da hospitalidade que eu saia e o deixe sozinho, então é o que farei, mas tenha paciência alguns minutos, pois não gostaria de interromper o meu trabalho precisamente neste momento.

—Tenha maneiras! — resmungou o alemão. — Da próxima vez bata à porta e peça permissão, pois é assim que estou habituado.

O homem que estava sentado em frente à arca virou a cabeça e tirou as madeixas de cabelo castanho da testa e, desse modo, mostrou que tinha um pincel na mão, do qual caía tinta azul para o chão.

— Senhor! Que permissão devo pedir? — perguntou. — Quem pensa que sou e a que portas devo bater?

— Pelo sangue dos mártires sagrados! Tem razão, não é mesmo quem eu pensava que era! — exclamou Behaim completamente atónito. — Mas, diabos o levem, quem é o senhor e como veio aqui parar? Parece-me que já vi a sua cara em qualquer lado.

— Sou Marco d'Oggiono, ao seu dispor, senhor, pintor e aluno do *messer* Leonardo. E na noite passada estive na sua companhia na taberna do Cordeiro. Recorda-se melhor agora meu senhor?

— Certamente, senhor, certamente — disse Behaim com um bocejo, que tentava reprimir em vão. — E tenho de me desculpar, pois, para dizer a verdade, pensei que fosse o meu hospedeiro, uma pessoa de inteligência muito limitada, mas impertinente e linguareiro. É melhor manter-se afastado deste tipo de gente e o que ele irá dizer sobre o facto de lhe ter manchado o chão de tinta azul, não sei. Com que então é o senhor d'Oggiono. E que bom motivo o trouxe até mim tão cedo?

— Senhor! — exclamou d'Oggiono agora com alguma impaciência. — Parece ainda não estar completamente desperto. Meta a sua cabeça debaixo de água fria, assim acordará. O lavatório fica ali no canto. Está na minha casa, no meu quarto, e este chão que pinguei é meu.

— Por isso é que não me conseguia situar quando acordei — explicou Joachim Behaim, enquanto abanava a cabeça, ainda mais confuso.

— É que na noite passada — continuou o pintor — não nos foi de modo algum possível conseguir que nos dissesse em que pensão é que está alojado. Por isso trouxe-o para minha casa e dormiu no meu colchão de palha, do qual se costuma aliás servir o reverendíssimo irmão Luca, quando pernoita na minha casa devido ao mau tempo ou por já ser demasiado tarde. Por onde ele deambulou esta noite, não sei. Mas já aqui esteve esta manhã para levar emprestados dois carlini, pois o bom irmão está mal abastecido com os bens deste mundo. Não os recebeu, mas para isso levou um dos meus lápis de carvão e foi-se embora contente, pois ele é matemático e também filósofo e é melhor do que qualquer um de nós para se resignar com desilusões.

Behaim tinha entretanto seguido o conselho do pintor e despejado um cântaro de água fria sobre a sua cabeça. E enquanto lavava as mãos e a cara disse:

— O senhor, caro d'Oggiono, praticou esta noite em mim pelo menos uma das sete obras sagradas de misericórdia, naturalmente às custas do conforto do reverendíssimo irmão, de modo que vos estou agradecido de igual modo. Também fez lume no forno e isso é já a segunda das obras sagradas.

— No que diz respeito à terceira, nomeadamente o pequeno-almoço — explicou d'Oggiono —, infelizmente parece muito precário. Apenas lhe posso servir pão e cebolas novas e depois meia melancia.

— Pão e cebolas novas! — exclamou Behaim. — Quer com isso dizer que costumo comer trutas com trufas? Apenas com o pão e as cebolas desfrutarei como um almocreve!

Enquanto Behaim tomava o pequeno-almoço, o pintor d'Oggiono voltou ao seu trabalho. Tinha de ornamentar uma arca de madeira, pertencente ao dote da filha de um burguês rico, com representações do Evangelho.

— É sempre a mesma coisa — queixou-se d'Oggiono. — Tanto um como outro pedem o milagre e a circunstância do casamento em Caná nas suas arcas. Não pintei menos de oito vezes este maldito casamento e foi-me pedida uma nona vez e eu já estou farto deste chefe de cozinha e dos seus jarros de barro. Desta vez disse ao pai da rapariga e ao noivo que, para variar e tendo em conta o carácter do casamento nos nossos dias, gostaria de pintar o encontro de Cristo com a mulher adúltera na arca de casamento, mas eles não quiseram saber, insistiram com teimosia no seu milagre em Caná. Agora, em nome de Deus, vão tê-lo. Qual é a sua opinião, senhor, sobre este Cristo?

— Este Cristo? Pois bem, não consigo imaginar que alguém pudesse pintar o Salvador de forma mais notável — disse Joachim Behaim, que não estava muito habituado a expressar a sua opinião sobre pinturas e outras obras de arte.

A d'Oggiono este elogio pareceu-lhe suficiente.

— *Messer* Leonardo que, como sabe, foi meu professor na arte da pintura, também não ficará totalmente insatisfeito com este Cristo — explicou. — Mas se lhe revelasse o que me pagam por esta obra, benzer-se-ia de surpresa, pelo pouco que vou receber por ela, sobretudo tendo em conta o que custa actualmente uma onça de verniz. Sim, estes burgueses só pensam no seu interesse, negoceiam e regateiam comigo como se de um carregamento de madeira se tratasse.

Suspirou, deitou um olhar às suas meias remendadas e aos seus sapatos gastos e depois então começou a pintar uma coroa brilhante de ouro e ocre para a cabeça do seu Cristo.

— Discutir preços e regatear para mim não dá — disse Behaim, que agora tinha terminado o seu pequeno-almoço. — O preço da minha mercadoria é calculado com todo o cuidado e do que tenho a receber também não reduzo um cêntimo. O senhor tem a sua mercadoria, Cristo e os seus Apóstolos e a sua abençoada mãe e os Fariseus, o Pilatos, o aduaneiro, os gotosos, os leprosos e todas as mulheres do Evangelho, e ainda os mártires sagrados e os três Reis Magos, e eu tenho a minha mercadoria, atlas venezianos e tapetes da Alexandria, passas em cântaros e açafrão e gengibre em alforges oleados. E o que se passa com a minha mercadoria é que tem aquele preço e não há regateios nem discussões e quem não gostar pode seguir o seu caminho. O senhor também deveria estabelecer preços fixos para os seus santos e mártires. Um Cristo bem pintado custa tanto, um aduaneiro ou um apóstolo custa outro tanto e assim deveria ser. Se não estabelecer preços fixos, então o senhor com a sua arte e o seu esforço nunca verá bons dias.

— É capaz de ter razão — admitiu o pintor, enquanto ainda pincelava a coroa brilhante do Salvador. — Nunca observei a coisa do ponto de vista de um comerciante. Naturalmente também é de considerar que se não pudesse regatear os preços comigo, iria ao encontro de outros pintores, que há aqui tantos como moedores de pimenta em Veneza, e eu ficaria a ver navios e, como se costuma dizer, passaria da frigideira para as brasas.

— Pois bem — afirmou Behaim um pouco amuado. — Faça o que quiser, deve saber o que mais lhe convém. Vejo que é difícil aconselhá-lo.

— Os milaneses — disse d'Oggiono pensativo — são todos desconfiados por natureza, nenhum confia no seu vizinho, um pensa que o outro lhe quer cobrar demasiado e enganá-lo, e por isso regateiam comigo como regateiam com os lavradores quando compram milho, mel, ervilhas ou linho e são verdadeiros impostores, pois enganam o mundo inteiro com o seu ar simples. Quanto a vocês alemães, diz-se que são pessoas honradas e é mesmo verdade que o são. Se dizem uma coisa, mantêm a palavra.

Largou o pincel e examinou o seu trabalho, enquanto Behaim passava a mão pela barba.

— E, por isso — continuou d'Oggiono após um curto silêncio —, não me preocupei com os dois ducados, ainda que não tenha nada escrito por vós nas mãos.

Joachim Behaim olhou para ele com os olhos bem abertos.

— Que ducados? — perguntou e parou de acariciar a barba.

— Falo dos dois ducados que ontem à noite, quando nos encontrávamos no Cordeiro, apostou contra um dos meus — explicou-lhe d'Oggiono. — E não pense que não tenho meios e que não sou capaz de manter uma aposta. Tenho algumas poupanças.

— Na realidade, ocorre-me algo sobre uma aposta e um aperto de mão — murmurou Behaim e passou a mão pela testa. — Mas diabos me levem se não sei do que se trata. Espere, deixe-me pensar! Tem a ver com os turcos? Se virão já no próximo ano até Veneza?

— Tem a ver com o Boccetta, que disse dever-lhe dinheiro — relembrou-lhe d'Oggiono. — Era a isso que se referia este dinheiro. Vangloriou-se que seria homem para competir com ele e com uma centena como ele e que iria cobrar o seu dinheiro. E eu disse...

— Cogumelos! — exclamou Joachim Behaim divertido e deixou cair a sua mão com força sobre a coxa. — Não disse que a minha dívida vale dezassete cogumelos? Vou mostrar-lhe que tipo de cogumelos são. Irra, sim senhor, era mesmo disso que se tratava. O senhor é um homem honrado que me recordou disso. Pela minha alma, tinha-me esquecido completamente.

— Isso reparo eu — confessou o pintor com um sorriso embaraçado. — E também lhe posso dizer que não me preocuparia de todo com os seus dois ducados...

— Preocupe-se antes com o seu — interrompeu-o Behaim —, pois já o perdeu. Só preciso de descobrir onde é a casa ou o alojamento deste Boccetta ou onde pode ser encontrado, pois vou apresentar-lhe os meus cumprimentos. E o seu ducado está pronto para partir. Despeça-se dele e dê-lhe um bom conselho para o caminho, pois ele voltará comigo para Levante.

— Senhor! — disse d'Oggiono. — Tenho sérias dúvidas quanto a isso e tenho um bom motivo para as minhas dúvidas, mas infelizmente tenho de admitir que os meus ducados sempre foram verdadeiros vagabundos, nunca quiseram ficar muito tempo comigo. Mas no que diz respeito ao Boccetta, não é difícil encontrá-lo. Tem apenas de ir até à Porta Vercelli e seguir pela rua em frente, até encontrar do seu lado esquerdo alguns montes de pedras que anteriormente eram o muro de um jardim. Terá de atravessar esse jardim e pode acontecer que caia no poço, que se encontra totalmente coberto por cardos. Se escapar deste perigo chegará a uma casa ou, se quiser, a um estábulo, pois está num estado lamentável, portanto, quatro paredes com um telhado em cima, resumindo, quando tiver a Porta Vercelli atrás de si pergunte pela casa do Poço.

— Atrás da Porta Vercelli, a casa do Poço — repetiu Behaim. — Não é difícil de decorar. E lá encontrarei o Boccetta?

— Supondo que a porta lhe será aberta quando nela bater — explicou d'Oggiono — e presumindo que não teve um final inglório por causa do poço, encontrará o Boccetta nesta casa. E quero também dizer-lhe desde já o rumo que será tomado. Assim que souber o seu nome e o propósito da sua visita, estará sobrecarregado com trabalho nesse dia, ou terá de sair imediatamente para jantar, terá um encontro devido a um negócio importante impossível de adiar, estará cansado pelos negócios do dia, terá de iniciar uma peregrinação para obter indulgência, terá de escrever e despachar cartas ou sentir-se-á doente e com necessidade de descansar... Caso não prefira simplesmente bater-lhe com a porta no nariz.

— Quem pensa que sou — exclamou Behaim indignado. — Não deveria eu conhecer esses pretextos para evitar encontros? Cobrar dinheiro pertence à minha profissão como raspar tinta à sua. Se não fosse capaz disso como me safaria?

Agarrou no seu sobretudo, examinou-o e alisou-o com cuidado, passou a mão pelo debruado de pele para retirar os pedaços de palha que a ele se tinham prendido e depois estendeu a mão para o seu barrete, que d'Oggiono tinha colocado na cabeça de um São Sebastião esculpido em madeira quando chegaram a casa de noite, e dirigiu-se para a janela para avistar o tempo.

A janela dava para um pequeno pátio, com relva maltratada e cercado por uma sebe, na ponta oposta do qual se encontrava um estábulo. E, para sua admiração, Behaim reparou que neste pátio estava Mancino, o qual escovava um cavalo malhado com uma carda e um balde, e ao lado encontrava-se parado um segundo cavalo, um Baio. Mancino estava bastante empenhado neste trabalho e nem levantava os olhos e, mais uma vez, para Behaim era como se já tivesse visto alguma vez esta cara sombria e enrugada há muitos anos. Contudo não permaneceu muito tempo nesta recordação efémera, pois teve de pensar na rapariga, pela qual se tinha iniciado uma discussão entre ele e Mancino na noite anterior. A imagem dela surgiu à sua frente, o modo como ela sorria e caminhava pela rua de Santiago cabisbaixa e perdeu-se em sonhos.

Se eu agora — ocorreu-lhe — for lá abaixo ter com o Mancino e lhe der o lencinho para ele lhe devolver, ela saberá quem o encontrou. E quando voltar a encontrá-la, ela parará ou sorrirá quando passar por mim, pois às raparigas em Milão deve ser permitida alguma liberdade na forma de tratar os homens, e eu direi... Sim, o que direi?

— Mulher, que tenho eu contigo?

Behaim deu uma volta e viu d'Oggiono, que tinha dito estas palavras em voz alta, olhando fixamente, como se algo ali não batesse certo, era como se d'Oggiono lhe tivesse lido a pergunta do pensamento e respondido como ele queria.

— O quê? O quê? — disse subitamente com uma voz rouca. — O que quer dizer com isso e de que mulher fala?

— Senhor! — respondeu d'Oggiono sem interromper o seu trabalho. — Estas são as palavras que o nosso Redentor disse à sua bendita mãe no casamento em Caná: "Mulher, que tenho eu contigo?" Veja o Evangelho de São João, mesmo no início, capítulo II, e eu confiro ao Salvador na pintura tal postura e mímica, como se o tivesse dito precisamente neste momento.

— É assim. É assim que está escrito no Evangelho — disse Behaim muito aliviado. — E sabe também, senhor, que lá em baixo no pátio está um dos seus companheiros que ontem à noite no Cordeiro me ameaçou com um punhal?

— Quem o ameaçou com um punhal? — perguntou d'Oggiono.

— Aquele a quem chamam Mancino, mas que na realidade ele não sabe como se chama — informou Behaim.

— Isso é coisa dele — explicou d'Oggiono. — Quando se enfurece ataca os seus melhores amigos com todas as armas que no momento tiver à mão, tem um carácter violento. E poderá vê-lo todas as manhãs a esta hora lá em baixo no pátio, onde escova e passeia ambos os cavalos do taberneiro do Sino, pois ele sabe como tratar de cavalos, o Mancino, e deste modo ganha a sua sopa da manhã e algum dinheiro, que depois desperdiça com mulheres em bordéis. Nós chamamos-lhe Mancino, porque ele não sabe o seu nome verdadeiro e o *messer* Leonardo diz que foi um grande milagre que, através da lesão no cérebro, tenha conseguido esquecer por completo a sua vida anterior...

— Isso já me contou ontem o taberneiro do Cordeiro de uma ponta à outra — interrompeu-o Behaim. — E já é tempo de ir-me embora. Obrigado, senhor, pelas suas boas acções, não as esquecerei, desejo-lhe também uma boa continuação do seu trabalho e pense no meu conselho, será uma vantagem para si. Espero que nos voltemos a ver, no Cordeiro ou quando vier buscar o meu ducado e até lá Deus o proteja, senhor, Deus o proteja!

Abanou o seu barrete, saiu e fechou a porta atrás de si, na parte de fora da qual o Irmão Luca tinha escrito as seguintes palavras com carvão: "Aquele que aqui vive é um forreta", por não ter recebido os dois carlini de d'Oggiono.

— Faça bem o seu trabalho, para que não venha a ouvir queixas sobre si — disse Behaim a Mancino bem-humorado, pois sabia que este era o melhor modo de iniciar uma conversa com o poeta do mercado, da taberna e do estábulo.

Mancino virou-se, viu quem se encontrava junto a si, torceu um pouco a boca, e, por fim, disse num tom amável:

— Bom-dia, senhor! O seu *logement* agradou-lhe?

— Passei muito bem — informou Behaim —, tanto quanto merecia e poderia esperar. Se o senhor ali em cima — apontou com o polegar para a janela de d'Oggiono — não tivesse tomado conta de mim de um modo tão cristão, hoje de manhã ter-me-iam encontrado na sarjeta.

— Porque vocês alemães — explicou Mancino — não conseguem distinguir um bom vinho. Aquele que o taberneiro ontem lhe serviu não é um vinho que se beba pelo jarro.

— É assim — disse Behaim. — Mas é com a experiência que se aprende. Hoje fala comigo de forma bastante razoável, mas ontem abordou-me como um maluco.

— Porque o senhor — desculpou-se Mancino — não queria parar de falar daquela rapariga, apesar de eu lhe ter pedido veementemente para se deixar disso. Não queria que os meus companheiros se inteirassem da amizade e do carinho que nutro por esta jovem. Eles ter-se-iam divertido à grande e não teriam hesitado em arrastar a reputação da pobre rapariga por todas as poças e ruelas da cidade. De futuro tenha em atenção, senhor: não diga uma única palavra sobre esta rapariga em frente aos meus companheiros!

— A sério? — surpreendeu-se Behaim. — Mas eles pareceram-me ser gente respeitável de bons costumes.

— E também o são, também o são! — exclamou Mancino, e segurou o cavalo malhado, que se tinha tornado irrequieto, pelos bridões. — Gente respeitável de bons costumes. Mas eu não o sou. Não, eu nunca pertenci à gente respeitável de bons costumes e dos meus costumes não queremos nós falar. Em poucas palavras, os meus companheiros dizem que uma rapariga que me seja fiel, mesmo que responda apenas ao meu cumprimento, pode apenas ser um tipo de mulher cujo amor se obtém com dinheiro.

— E, para dizer a verdade, ela não parecia ser assim — comentou Behaim, totalmente perdido em recordações da rapariga. — Se ela fosse uma dessas, então nenhum preço seria demasiado elevado.

— Ela é bela e pura como uma jovem rosa — disse Mancino, e mergulhou a carda e o seu braço despido no balde de água.

— Ela tem boa estatura — admitiu Behaim —, também tem a face rosada, não é uma daquelas anémicas. Não quero dizer que ela me desagrada. Se me pudesse indicar em que igreja ela ouve a missa...

— Portanto não me quer apenas a mim como alcoviteiro, como também Deus! — atropelou-o Mancino.

— Alcoviteiro? — exclamou Joachim Behaim indignado. — Senhor! Fale de assuntos sagrados com respeito! Será que se pode ouvir a missa sem que o senhor seja má-língua? Quem fala de alcovitar? Quero devolver-lhe o lencinho que ela perdeu e eu apanhei.

Tirou o lencinho de linho *Boccaccino* do bolso do seu sobretudo e segurou-o em frente ao nariz de Mancino.

— Sim, é o lencinho dela, eu reconheço-o — disse e pegou-lhe cuidadosamente com dois dedos da sua mão molhada. — Ofereci-lho no dia das comemorações do santo que lhe deu o nome juntamente com um frasquinho de essência de aroma floral. Com que então caiu para o chão.

— Sim, e pode devolver-lho com um bonito cumprimento daquele que ia atrás dela — incumbiu-lhe Behaim. — E eu não quero negar que não gostaria de voltar a vê-la, ela agradou-me bastante e podia ser que, quem sabe, eu também lhe tivesse agradado. Mas ela desapareceu como o vento e o que pensa ela? Que tenho tempo para correr todas as ruelas de Milão em busca dela? Procurá-la em todas as igrejas e em todos os mercados? Não, os negócios que tenho para resolver em Milão não mo permitem, diga isso à minha Aninhas!

— A quem devo relatar os negócios que tem a resolver? — quis Mancino saber.

— À minha Aninhas, a quem haveria de ser? — disse Behaim. — Ou ela não se chama assim? Poderia finalmente dizer-me o seu nome.

Mancino ignorou este pedido.

— Portanto — informou-se — vai a casa desse tal Boccetta para lhe cobrar o seu dinheiro?

— Sim, é o que quero fazer — confirmou Behaim com ênfase. — Amanhã ou em outra altura irei a casa dele e porei tudo em pratos limpos. Mas no que diz respeito a esta rapariga que parece que não devo voltar a ver...

— Voltará a vê-la — disse Mancino, e a confiança na sua cara fez desaparecer a raiva. — Sim, não o posso impedir. E repare no que lhe digo: temo que a coisa acabe mal para a rapariga. E depois para si, é o que lhe digo. E talvez para mim.

5

A casa do Poço encontrava-se precisamente como d'Oggiono a tinha descrito, num invulgar estado de abandono, como se não fosse habitada há muitos anos, o telhado estava danificado, as vigas podres, a chaminé caída, a argamassa das paredes despedaçada e por todo o lado no muro havia fendas e Behaim podia bater à porta e gritar, tão alto quanto conseguia, que ninguém a abria. E agora que insistia e esperava e gritava e insistia e voltava a gritar e voltava a esperar, o seu olhar caiu sobre uma pequena janela gradeada por cima da porta e nessa janela avistou uma cara, da qual obteve a mesma sensação de desleixo e de decadência que tinha sentido pela casa, a cara de um homem com barba de vários dias e pouco asseada, que observava com atenção o modo como ele batia com insistência com os seus dedos na porta fechada.

— Senhor, o que se passa? Porque não me abre a porta? — perguntou Behaim indignado.

— Que barulho está aí a fazer, ainda por cima em propriedade alheia e, aliás, quem é o senhor? — perguntou o interrogado.

— Procuro alguém que se chama Boccetta — explicou Behaim. — Bernardo Boccetta. Disseram-me que poderia ser encontrado nesta casa.

— Todos procuram o Bernardo Boccetta — afirmou o homem que se encontrava à janela num tom desagradável. — São demasiados os que procuram o Bernardo Boccetta. Vejamos o que traz aqui antes de o deixar entrar.

— O que trago? — exclamou Behaim admirado. — Diabos o levem, o que tenho de trazer para me deixar entrar?

— Se não tem nada para penhorar, então pode ir-se imediatamente embora — aconselhou o homem à janela. — Aqui nada é emprestado mediante mera garantia. Ou veio aqui para resgatar um penhor? Então esta não é a altura certa, volte durante tarde.

— Senhor! — disse Behaim. — Não quero dinheiro emprestado, nem tenho um penhor em sua casa. Quero ver o senhor Boccetta e nada mais.

— Ver o senhor Boccetta e nada mais? — repetiu o homem à janela com todos os sinais de grande admiração. — O que o pode levar a querer ver o senhor Boccetta, quando tudo indica que não se encontra na penúria ou em apuros? O que há para ver nele? E se o vir, o que acontece depois? Na realidade eu sou esse Boccetta!

O alemão deu um passo para trás surpreendido e observou novamente o exterior desleixado e as feições decadentes do homem, que em tempos tinha feito parte da nobreza de Florença. Depois disse, enquanto se inclinava:

— Chamo-me Behaim e trago-lhe os cumprimentos do meu pai. Sebastian Behaim, comerciante em Melnik, é ele o meu pai. Ele ficará contente de saber que estive em sua casa e que o encontrei de boa saúde e em boas circunstâncias.

— Behaim! Sebastian Behaim! — murmurou Boccetta. — Sim, senhor, tem razão, ele ficar-lhe-á grato por qualquer notícia que lhe leve de mim, tem-se tão raramente notícias de amigos. Diga-lhe então que não tenho nada a queixar-me sobre a minha situação, estou todavia bem, embora sejam outras circunstâncias. Mas o senhor sabe como é, como são os tempos de hoje, ruídos de guerra, aumento de preços, juntando a isso a inveja e a má vontade das pessoas, todo o tipo de fraude, foi assim que Deus quis, foi essa a sua vontade e se o dia de amanhã será pior, ninguém o sabe. Então diga-lhe, diga ao senhor seu pai...

— Senhor! Não me quer deixar entrar? — interrompeu-o Behaim.

— Certamente que sim. É para já — disse Boccetta. — É o filho do Sebastian Behaim. Deve ser uma grande sorte trazer um filho ao mundo, a mim isso foi-me negado. Pois bem, então diga ao senhor seu pai, quando lhe der notícias de mim...

— Pensei que me quisesse deixar entrar — afirmou o alemão.

— É verdade, sim, mas estou aqui e estou a falar! Tenha alguma paciência... Onde tenho a chave? Acabo de me aperceber que, para minha infelicidade, não tenho vinho, nem frutas, nem o que quer que seja, que lhe possa servir e há que tratar os hóspedes com respeito, como é costume. Dadas as circunstâncias, talvez prefira voltar uma outra vez para não me envergonhar, estarei então melhor abastecido com tudo o que for necessário.

— Não, senhor — esclareceu Behaim muito decidido. — Não quero dizer que não sei distinguir um jarro de bom vinho, mas uma vez que há muito que tinha o desejo de cavaquear uma horinha consigo, não gostaria de adiá-la sem necessidade, poderia acontecer-nos qualquer coisa entretanto, pois não sabemos, como acabou de dizer e muito bem, o que o dia de amanhã nos reserva. Por favor, peço-lhe, não me deixe mais tempo especado em frente à sua porta.

A cara desapareceu da janela, podiam ouvir-se passos arrastados, uma corrente soou, uma chave rangeu na fechadura e Boccetta, em pé de porta aberta, fez mais uma tentativa:

— Uma vez que costumo tratar dos meus negócios precisamente nas horas da manhã, pensei que...

Behaim cortou-lhe a palavra.

— Pois bem, podemos também falar de negócios — disse, e atravessou a porta.

A sala, para a qual Boccetta levou a sua visita, contava apenas com o mobiliário imprescindível. Uma mesa e duas cadeiras, um banco, apenas assente em três pés, uma arca de madeira carcomida num canto e dois tapetes de junco no chão — era esta a decoração completa. Uma garrafa de água e um copo de estanho encontravam-se sobre a mesa junto a um tinteiro e a uma pena. Porém, na parede estava pendurada uma pequena imagem de Nossa Senhora sem moldura, provavelmente realizada por um bom mestre, e Behaim aproximou-se para a observar.

— A nossa querida senhora — esclareceu Boccetta. — Recebi-a de um pintor, que não sabia como haveria de saldar as suas dívidas. Por esta pequena imagem o mestre Leonardo, também pintor, ofereceu-me quatro ducados em dinheiro na mão. Consegue perceber como alguém, que necessita apenas do pincel e de alguma tinta para produzir a mesma imagem ou uma ainda mais bonita, pague quatro ducados e ainda por cima sem moldura. De resto, ele concedeu-me a honra de me retratar no seu caderno de esboços, o mestre Leonardo.

Depois disse a Behaim que se sentasse, recomendando-lhe que tivesse cuidado.

— Faça-se um pouco leve, quando se sentar — disse. — Estas cadeiras estão mais orientadas para o meu peso do que para o seu. Quer refrescar-se com um trago de água? Já está aqui pronto. Se agora tivesse o meu criado ao meu dispor, ele poderia ir buscar algum vinho para nós à taberna mais próxima, mas mandei-o de volta para a sua aldeia há três semanas, porque, acredite em mim, nesta altura é muito custoso ter mais uma boca em casa para alimentar.

Suspirou, abanou a cabeça e perdeu-se por momentos em recordações.

— Sim, senhor, antigamente eram outros tempos, quando nós os dois, eu e o seu pai, todos os domingos cavalgávamos nos nossos muares até às aldeias e quintas, para cortejar as moças do campo e para as beliscar nos braços e em qualquer outro lado. O seu pai divertia-se e nessas alturas, fique a saber, aparentava ser tão digno e respeitável, que se ganhava vontade de se lhe confessar Sim, andava-se bem-humorado, os negócios corriam bem. Agora, o que passou, passou, e já está na altura de, livre de todas as paixões, se poder servir a Deus. Retirei-me dos negócios e se alguma vez mexo no meu dinheiro, faço-o apenas para ajudar os pobres com o lucro, pois aqui na região conhecem-me como um amigo de Deus e de todos os necessitados. Mas não quer falar sobre os seus negócios? Talvez tenha em mente investir dinheiro aqui em Milão e nesse caso poderei ser-lhe muito útil. Posso guardar-lhe cada quantia a bons juros, tanta segurança quanto desejar, mas não me fale de corretagem, pois faço-o por amizade a si e ao seu pai. Pois bem, de que quantia se trata?

— Trata-se — disse Behaim — de dezassete ducados!

— Só pode ser uma brincadeira — afirmou Boccetta. — Não pode estar a falar a sério. Quer investir uma soma de dezassete ducados?

— Não, cobrar — esclareceu Behaim. — E, na realidade, a si. No nosso ajuste de contas encontra-se uma parte por saldar desde há anos na quantia de dezassete ducados e eu vim aqui para os cobrar a si.

— Dezassete ducados? Não sei de nada disso — disse Boccetta.

— O senhor sabe disso — declarou Behaim — pois eu disponho de um manuscrito com a sua caligrafia. Quer vê-lo?

— Não é necessário — afirmou Boccetta. — Se o diz, então tem a sua razão. Importa-me satisfazê-lo a si e ao seu pai, senhor Behaim, mas diga-me uma coisa: foi por causa de uma insignificância dessas que se incomodou em fazer uma viagem a Milão? Bem, já não digo nada, se alguém faz uma viagem por uma indulgência ou por qualquer outra obra religiosa...

— Tinha outros negócios mais importantes a tratar em Milão — esclareceu Behaim.

Boccetta pareceu reflectir por um momento.

— Assim sendo, o caso está arrumado — disse então. — Não se preocupe com o dinheiro. Deixe-o tranquilamente nas minhas mãos. Não vejo o mínimo perigo para que o possa perder. Está tão bem guardado em minha casa como banco Altoviti, senão melhor ainda.

— Senhor! — exclamou o alemão irritado. — Não me tome por parvo, ao ponto de achar que me poderia contentar com tal palavreado.

— Porque é que o deveria tomar por parvo? — afirmou Boccetta. — A minha intenção é precisamente a oposta, fazer-lhe uma proposta razoável: não falemos mais sobre o assunto, deixemo-lo em paz! Não são suficientemente valiosos para que dois homens, que se estimam e respeitam, entrem em desacordo.

— Tenha cuidado, senhor! — avisou-o Behaim e na sua voz soava um crescendo de raiva. — Já aguentei a minha paciência muito tempo. Se o senhor continuar a tentar fazer-me esperar, daí não virá nada de bom para si. Nada de bom, senhor! O senhor não me conhece.

Boccetta parecia agora verdadeiramente angustiado.

— Para quê tanta violência? — queixou-se. — Fala-se assim com um homem que recebe bem alguém em sua casa? Mas, por causa do seu pai, aguentarei também esta ofensa. Tem de reconhecer o muito que fiz por ele. E uma vez que parece dar tanto valor a este dinheiro, então deverá recebê-lo, senhor, deverá recebê-lo, derreto-me como cera quando lido com um homem honrado e um bom amigo. Em todo o caso, de momento não tenho o dinheiro em casa, mas volte amanhã, volte hoje de tarde, e poderá contá-lo em cima da mesa, nem que eu tenha de me vender como escravo para o obter.

O desgosto de Boccetta soou tão sincero, quando disse que não tinha o dinheiro em casa, pareceu tão sentida a sua dedicação e o seu empenho de agora resolver o problema com grande rapidez, que Behaim se esqueceu com quem estava a lidar e nesse momento suavizou o seu tom de voz. Disse que tinha imensa pena por se ter deixado levar a tão violentas palavras e depois declarou estar disposto a dar a Boccetta um prazo de dois dias para lhe pagar. E com isso despediu-se.

Quando deixou a casa e a porta se fechou atrás dele, com rangidos e sons de correntes, não estava totalmente satisfeito consigo. Partia de mãos vazias, não tinha recebido nada para além de promessas e agora parecia-lhe que tinha caído na conversa de Boccetta para o pôr fora de sua casa com bons modos. "Mostre o que traz!", tinha ele dito e: "Se não tem nada para empenhar, então pode ir-se imediatamente embora!" E enquanto prestamista tinha de ter as quantias necessárias sempre disponíveis e em sua casa.

Joachim Behaim parou e mordeu os lábios. Irritava-o o facto de apenas agora lhe ter ocorrido este pensamento, quando já era demasiado tarde. E no instante em que recomeçou a andar, praguejando em voz baixa, ouviu a voz de Boccetta:

— Oiça! Você aí! Volte! Tenho algo para lhe dizer!

Surpreendido e satisfeito, Behaim virou-se, mas, não, a porta não estava aberta. A cara de Boccetta mostrava-se por detrás das grades da janela. Não tinha a intenção de voltar a deixá-lo entrar, tendo-lhe gritado:

— O seu pai deu-lhe certamente um viático para a viagem. O que fez com ele? Já o esbanjou ou desperdiçou?

Behaim estava de tal modo pasmado com estas palavras que no momento não encontrou nenhuma resposta.

— Está aí parado como um boi — continuou Boccetta. — O que aconteceu ao seu viático? Gastou-o em jogos, em bebida ou com prostitutas? E agora pretende passar bem às custas dos outros? Dedicou-se agora a implorar aos amigos do seu pai? Não tem vergonha? Vá, vá, que Deus o ajude! É novo, tem braços fortes, podia procurar um trabalho em vez de pedinchar e se tornar num fardo para as pessoas. Dezassete ducados? Nada mais? Pode levar dezassete pauladas.

— Senhor! — disse agora Behaim, vencendo forçosamente a sua indignação. — O seu descaramento não me atinge. Mas uma vez que se nega insistentemente a pagar a sua dívida, apresentarei queixa de si em tribunal e o senhor passará uma vergonha, pois o seu nome será apregoado em público... Já para não falar na prisão dos devedores e no cepo aos seus pés.

— Em tribunal? — exclamou Boccetta rindo. — Sim, então vá e apresente queixa de mim em tribunal! Não prefere antes sentar-se com o traseiro despido nas urtigas ali por detrás do poço? Se calhar assim vai-se melhor embora. Prisão de devedores! Cepo! Oh, infindável paciência de Deus, como vive um animal destes! Sim, agora vá, vá para o tribunal!

E com isso a cabeça de Boccetta desapareceu da janela.

Para Behaim foi difícil conformar-se com o inglório desfecho da situação, ainda que temporário. Irritava-o principalmente o conselho sobre as urtigas, que lhe pareceu ser a sério, pois havia bastantes no jardim selvagem. Tinha uma enorme vontade de arrombar a porta da casa de Boccetta para o ter durante uns momentos entre os seus punhos. Contudo, com um tratamento deste género teria ido contra a lei e fazê-lo-ia contra os seus princípios. Mas era precisamente a porta, apesar de a casa estar tão arruinada, que se encontrava em bom estado. Era feita de tábuas de carvalho e não chegaria a lado nenhum apenas com os punhos.

Nesse caso não teve outra alternativa senão pôr-se a caminho e enquanto caminhava proferia algumas palavras contra Boccetta e contra si mesmo que lhe atenuavam a raiva. Ao Boccetta chamou sovina velhaco, gatuno e traiçoeiro e ladrão de primeira e a si próprio pateta e imbecil, que não servia de nada e que merecia cacetada. Afirmou também num tom de voz bastante elevado, ao ponto de todos os que passavam o olharem, que gostaria de ver Boccetta secar na forca, pois Deus devia-lhe esta pequena gratificação. E agora que, deste modo, também tinha incluído Deus na lista dos seus devedores, ficou um pouco mais calmo, pois Deus, como lhe tinha sido ensinado, era um pagador lento, mas bom e de confiança e nunca se esquecia sequer dos juros. Depois de todo o aborrecimento passado pareceu-lhe ser altura de se permitir tomar um jarro de vinho, era a gratificação que devia a si mesmo e, uma vez que levava as suas obrigações a sério, entrou de imediato na taberna por detrás da Porta Vercelli e o primeiro que ali viu foi Mancino, que se encontrava sentado num canto e olhava pela janela, para a animada rua, com um ar pensativo.

Quando Mancino olhou para cima e reparou em Joachim Behaim, a sua cara reflectia sentimentos contraditórios. Behaim já o tinha por várias vezes importunado com as suas constantes perguntas sobre a rapariga, à qual insistentemente chamava de sua Aninhas. No entanto, nesse momento parecia não incomodá-lo. E deu expressão a esses sentimentos.

— Sente-se, já que o meu anjo da guarda o trouxe até aqui e não outro — disse.

— Senhor! — interrompeu-o Behaim. — Esta não é a forma adequada de me receber. Estou habituado e espero que me tratem com mais amabilidade.

— Tem razão — admitiu Mancino. — Primeiro mandamento: dá-te com quem tem dinheiro. Sente-se então e desfrute da minha companhia. Mas no que diz respeito ao meu anjo da guarda, durante toda a minha vida tem feito pouco caso de mim, de resto, se a vida me corresse melhor poderia hoje servi-lo com um capão ou com um peito de vitela temperado com coentros.

— Não deixe que isso o afecte — consolou-o Behaim. — Vim aqui apenas para beber um copo de vinho.

— Eh! Taberneiro! — chamou Mancino. — O que fazes tu aí? Um copo de vinho para este senhor! Como vês, não me faltam amigos.

E já virado para Behaim continuou:

— O meu anjo da guarda faltou de um modo grosseiro aos seus deveres como um verdadeiro safado, quando me permitiu que entrasse nesta taberna, na qual parecem conhecer-me, sem prever algo de errado, pois este taberneiro barrigudo não me perdeu de vista antes de o senhor chegar. E por isso dei-lhe, apesar de ele não merecer, o meu respeito e consideração, em meu detrimento, ao não me deixar servir mais do que um prato de nabos, que saciou apenas um terço da minha fome. Mas espere-se um agradecimento de um taberneiro.

Calou-se e uma feição de preocupação e de arrependimento surgiu na sua cara enrugada.

— E porque concede tamanha atenção a um taberneiro? — perguntou Behaim de um modo altamente superficial, pois já sabia a resposta de antemão.

— Porque ele — explicou Mancino — prevê o momento em que em vez de lhe pagar lhe darei permissão para apalpar as pregas da minha bolsa vazia. E se não ficar satisfeito com isso e procurar chatice, então terei de lhe dar um pontapé ou levar um dele, como quiser o destino e o Deus das batalhas, e depois tentarei escapar.

— Isso é bom, divertirá qualquer um — afirmou Behaim. — Não haverá também talvez uma pequena facada?

— É provável — disse Mancino de um modo sombrio.

— Então, diabos me levem, tenho de estar presente! — exclamou Behaim. — Mas será que não podemos antes terminar o nosso pequeno negócio?

— De que negócio fala? — perguntou Mancino.

— O meu anjo da guarda nomeadamente — esclareceu-lhe o alemão —, que não é um safado como o seu, mas sim um que conhece os seus deveres, colocou-me na situação de lhe servir um capão assado ou um peito de vitelo condimentado, mediante a sua preferência. O senhor irá então...

— Ei! Taberneiro! — chamou Mancino. — Venha cá e oiça o que aqui o senhor está a dizer! Escute-o agora, dele vem a voz de Deus.

— ... lucrar duas vezes — continuou Behaim. — Antes de mais nada o lucro para a sua alma, porque fará uma boa acção ao dizer-me onde posso voltar a encontrar a minha Aninhas e para além disso ainda tem o capão.

— Desapareça! — disse Mancino ao taberneiro, que se tinha aproximado. — Então é assim, eu sou uma pessoa que faz tudo por um pouco de comida. Tem razão, senhor. Pessoa reles, pagamento reles. E quem sou eu neste mundo para além de um pequeno tendeiro que negoceia o que tem, umas vezes versos, outras vezes mulheres? Tem razão, senhor, é assim que sou, o senhor tem razão.

— Aceita, se é que o percebo bem, a minha proposta — confirmou Behaim.

— Supondo que o faria — disse Mancino —, mas não vejo qual o interesse que o senhor poderia ter.

— Diga-me por fim onde ela mora — insistiu Behaim. — Tudo o resto é problema meu.

— Tenha cuidado! — disse Mancino, e olhou para a rua como que perdido em pensamentos. — Por causa de dois olhos brilhantes, Sansão perdeu a luz dos seus. Por causa de dois peitos brancos, o rei David esqueceu-se de temer Deus. Por causa de duas pernas elegantes, Batista perdeu a cabeça.

— Sim, está bem! — riu o alemão. — Talvez eu vá deslocar uma das minhas pernas por causa disto, mas também é tudo.

— Vai o quê? Não o percebo — afirmou Mancino.

— Vou — esclareceu-o Behaim — fazer voltear o meu cavalo em frente à casa dela, deixá-lo dançar e curvetear e chegar ao ponto em que ele me lança suavemente. Depois pedirei ajuda, lamuriarei e gemerei, de tal modo que Deus terá piedade, e então fingir-me-ei desmaiado e ela quererá levar-me para a sua casa. Não necessito de mais nada.

— E a seguir? — perguntou Mancino.

— Isso é problema meu — disse Behaim, e acariciou a sua barba escura cuidadosamente aparada.

— Tudo bem, então deixe-se estar na rua com a perna arranhada, torcida ou partida — prometeu-lhe Mancino —, pois ela não o hospedará em sua casa, disso pode ter a certeza. Talvez se fosse francês ou flamengo, pois esses estão na moda e estão nas boas graças das mulheres de Milão. Mas os alemães? Tanto quanto os turcos.

— Não seja impertinente! — disse Behaim ofendido.

— Talvez após algum tempo seja chamado um cirurgião militar — continuou Mancino — e a sua perna seja tratada. Portanto, por amor de Deus, considere se não prefere que me seja servido o capão. Lucraria igualmente duas vezes. Antes de mais nada o lucro para sua alma e para além disso manteria os seus membros inteiros.

— É capaz de ter razão — admitiu o alemão. — Mas seria contra as leis do comércio.

— Então mantenha o capão! — disse Mancino. — E se, apesar das leis do comércio, tiver a grandiosa ideia de me pagar os nabos, desse modo não me prestará apenas uma boa acção a mim. O taberneiro agradecer-lhe-á por isso, pois desse modo receberá o seu dinheiro. Mas no que diz respeito à rapariga, eu sabia que ela passaria por aqui e tinha receio que a pudesse ver. Ela passou e o senhor não a viu. Estava nesse momento ocupado em fazer voltar o seu cavalo em frente à casa dela e depois encontrava-se no chão com a perna partida e revirava os olhos. Mas desta vez...

Emudeceu. A rapariga, ela, de quem se tratava o negócio, estava na taberna. Sorria e acenava a Mancino de um modo familiar. Depois aproximou-se. Behaim tinha-se levantado de um pulo e olhava fixamente para ela. Ela disse:

— Vi-o aqui sentado, senhor, quando passei e então apercebi-me de que era uma oportunidade apropriada para lhe agradecer o facto de ter apanhado o meu lencinho que tinha perdido e de o ter devolvido.

Calou-se e respirou fundo.

— Oh Niccola! — disse Mancino com raiva e tristeza na sua voz.

Joachim Behaim não tinha ainda proferido uma única palavra.

6

Na manhã seguinte encontraram-se na igreja de Santo Eusorgio para um breve encontro, mas substancial. Na penumbra, escondidos por detrás de um pilar, falavam um ao outro, ela sussurrava, ele usava num tom de voz mais alto, as palavras mais importantes, bem como as mais supérfluas, ao jeito dos apaixonados, e tudo com o mesmo entusiasmo. Ele queria saber porque é que ela não se tinha virado uma única vez aquando do seu primeiro encontro. Tinha desaparecido como o vento. Ela deu diversos motivos. Estava confusa. Não sabia como ele o encararia. Além disso, era função dele não a perder de vista. Porque a tratava ele por Aninhas, se ela se chamava Niccola? E ele devia falar num tom de voz mais baixo, pois a mulher que se encontrava ajoelhada diante do São João de madeira já se tinha virado duas vezes para eles.

— Mas na altura reparaste certamente que, apesar de quase não te ter visto, me apaixonei por ti e, na realidade, tanto que quase perdi o juízo — disse ele. — Deves ter reparado.

Uma vez que se tinha esforçado para abafar a sua voz, ela não tinha percebido uma única palavra. Sorria para ele com um ar interrogativo. Ele achava que tinha de lhe esclarecer precisamente tudo o que lhe tinha sucedido e procurava as palavras adequadas.

— Acertou-me — informou num sussurro — como uma seta. Tão rapidamente, tão dolorosamente, tão inesperadamente. Foi aqui que me acertou e doeu, sim, aqui bem no fundo. Mas tu foste-te embora e deixaste-me sozinho e isso não foi justo da tua parte.

Aguardava consentimento. Mas também desta vez ela não o tinha conseguido perceber, pois as suas palavras tinham sido abafadas pela antífona de dois monges. Uma vez que ele as tinha acompanhado com um gesto muito expressivo, no qual indicava a zona do seu coração com dois dedos, Niccola adivinhou que tinha falado sobre o seu amor. E perguntou-lhe se na realidade algo nela lhe tinha interessado.

— É isso que quero dizer! — disse Behaim tão alto, que a mulher que fazia as suas preces diante do São João se virou pela terceira vez para ele. — Todos os dias tenho andado rua acima, rua abaixo à tua procura. Sim, estou louco por ti e tenho-me comportado como um louco.

Ela queria saber o que ele tinha visto nela. Havia em Milão raparigas mais bonitas e também mais amáveis do que ela. E, no momento em que o disse, curvou-se para ele por um instante para abafar as suas palavras.

Do seu sussurro Behaim percebeu apenas a palavra Milão.

— Sim, fiquei em Milão apenas por tua causa, apenas na esperança de te voltar a ver — esclareceu e isso correspondia à realidade, mas não tinha querido reconhecê-lo até então. — És uma daquelas capazes de deixar os homens loucos. Devia ter partido há muito, não tenho mais negócios a tratar aqui. Ou melhor, tenho um.

Fez uma careta. Pensar no Boccetta fez aumentar a raiva dentro de si. Cerrou os dentes.

— Quem me dera poder levá-lo à forca — murmurou. — Talvez encontre alguém que o deixe torto e aleijado, isso também seria qualquer coisa. Mas não me ajuda a obter os meus ducados, pelo contrário, custa dinheiro.

A rapariga viu a sua cara desgostosa e a sua expressão feroz. Presumiu que já não eram palavras de amor, as que ele dizia. Ele estava furioso e pareceu-lhe ser altura de apaziguá-lo.

— Talvez tenha sido culpa minha — admitiu. — Devia ter andado um pouco mais devagar. Mas eu tinha deixado cair o meu lencinho e mais do que isso não seria conveniente e, de qualquer modo, isso acabou por nos juntar, não foi? E, se quiser, poderá ver-me todos os dias a partir de agora.

Ele fez-lhe um sinal de que não tinha percebido nada do seu sussurro e ela decidiu repetir as suas últimas palavras num tom de voz mais alto.

— Disse que, se quiser, poderá ver-me todos os dias a partir de agora. Se isso lhe interessar.

Behaim agarrou a mão dela.

— Pelo que acabaste de dizer — esclareceu —, gostaria de ter dar imediatamente cem beijos, se não estivéssemos na igreja. Mas é assim que o diabo quer, que eu tenha de esperar até que estejamos lá fora.

Ela fez um gesto assustado.

— Lá fora na rua — disse-lhe — temos de fazer como se não soubéssemos nada um do outro, como se fôssemos estranhos. Ninguém nos deverá ver juntos, pois seria mau para mim se isso se viesse a saber.

— Estás a falar a sério? — perguntou. — Então qual é o rumo que achas que o nosso caso deverá tomar? Iremos escutar as ladainhas todos os dias aqui na igreja?

Ela abanou a cabeça e sorriu. Depois descreveu-lhe uma taberna no campo, que se encontrava junto a um ribeiro fora da cidade na estrada para Monza, que levava a um pequeno pinhal. Ele deveria esperá-la às quatro horas da tarde nesse pinhal ou, havia que pensar em tudo, em caso de mau tempo, na taberna. Não era mais do que meia hora de caminho.

— Isso não é nada — assegurou-lhe Behaim. — Por amor a ti caminharia todos os dias três ou quatro horas. Para te ver escalaria muros, atravessaria valas e andaria à bulha com cães perigosos.

Ela sorriu-lhe e depois saiu de perto dele e dirigiu-se para um crucifixo, que estava pendurado num nicho na nave transversal. Curvou-se, benzeu-se e ajoelhou-se. Regressou após alguns minutos e disse:

— Rezei ao nosso senhor Jesus Cristo para que a nossa situação tenha um bom desfecho. Então amanhã às quatro horas. Não se pode equivocar com o caminho. Também rezei pelo Mancino. Ele ama-me, tem de saber, ele ama-me muito mais do que o senhor alguma vez me amará. Agora, naturalmente, está furioso comigo por causa de si e chama-me de infiel, mas eu nunca lhe dei o direito de me tratar como sua. Rezei para que recupere a memória para poder reencontrar a sua pátria. Deve algum dia ter sido um grande senhor com castelos, criadagem, aldeias, bosques e pastagens. Mas não sabe onde.

Na rua virou-se mais uma vez apressadamente para ele. Sorriu, levantou a mão e mostrou quatro dedos, para lhe recordar das quatro horas da tarde.

Em Milão havia dois comerciantes de ascendência alemã, os irmãos Anselm e Heinrich Simpach, a quem o negócio de produtos de Levante tinha concedido riqueza e honra. Toda a gente os conhecia. Behaim dirigiu-se a eles, que residiam na cidade há vinte anos, deixou-se servir com vinho, amêndoas salgadas e bolinhos de pimenta e apresentou-lhes o seu caso. Eles deveriam dizer-lhe que caminhos tinha em aberto sob o regime do duque para obrigar Boccetta a pagar a sua dívida.

Dos dois irmãos, Anselm, o mais velho, era um homem gordo, com um olhar ensonado, e um pouco pesado, o que pressupôs algum esforço para se levantar da sua poltrona e cumprimentar Behaim, enquanto o mais novo, irrequieto e ágil, se sentava, levantava ou caminhava continuamente de um lado para o outro na sala, tratando de qualquer objecto que lhe fosse parar às mãos, quer fosse um copo de vinho, uma vela, um medalhão, um molho de chaves, uma pluma ou uma vez também uma clepsidra, que se encontrava em cima da mesa e, assim que a agarrou, recebeu um olhar reprovador do seu irmão. E enquanto Behaim lhes explicava as circunstâncias e a situação jurídica, algo que fazia com grande cerimónia, para dar expressão à sua decisão de recuperar os dezassete ducados, cujo direito a eles era claro como o sol, os dois irmãos ouviam-no, ambos com a mesma expressão facial, embora naturalmente o mais velho nem sempre conseguisse reprimir um bocejo. Mas assim que foi dito pela primeira vez o nome de Boccetta, o interesse deles foi despertado, entusiasmaram-se e começaram ambos a falar com Behaim com grande vivacidade, tendo chegado a um ponto em que parecia que cada um deles estava absolutamente só, não deixando o outro falar.

— Será possível, senhor? Não sabia que este Boccetta...
— Que o senhor foi enganado por ele e que ele...

— Uma pessoa reles do tipo, que não conhece vergonha nem honra — voltou a falar o mais velho. — Alguém que se tenta manter distante de nós tanto quanto consegue. Deixa lá estar o relógio onde está, está bem em cima da mesa. Heinrich! Alguém capaz de todo o tipo de patifaria e, ao mesmo tempo, pertencente a uma antiga casa nobre e aristocrática. Contudo a família deste indivíduo já abdicou dele há muito.

— Trata-lo por indivíduo, Anselm? — interrogou o irmão mais novo indignado. — Ele é um monstro, uma criatura disforme, um bicho malicioso que foi capaz de se enfiar na pele de uma pessoa. Não consigo acreditar, senhor Behaim, que caiu nesta desgraça de...

— Ao seu dispor e vontade em tudo o que puder, senhor — o mais velho interrompeu as palavras do mais novo. — Mas com este Boccetta...

— Por fim quer o senhor dizer que foi o primeiro a quem ele provocou prejuízos, onde toda a sua vida...

— A enganar e a extorquir os outros. É alguém que não teme a mão de Deus, pois não sabe quão pesada é e quão próxima lhe está.

— Dezassete ducados, foi o que disse? Admira-me e satisfaz-me que o senhor se tenha vindo embora ileso. Pois esse Boccetta necessita apenas de olhar para alguém, para saber de imediato quanto lhe consegue tirar.

Como sempre, quando estava de mau humor, Behaim coçava o braço direito com a mão esquerda.

— A mim não me tirará nada — disse ele decidido. — Vai pagar-me os dezassete ducados e, se não o fizer em breve, ainda o verão chorar lágrimas quentes, pois apresentarei queixa dele em tribunal.

Ambos os irmãos olharam para ele, um com um abanar de cabeça, o outro com um sorriso compadecido. Mantiveram-se em silêncio durante um minuto, parecia que desta vez cada um deles queria passar a palavra ao outro. O mais velho tirou a taça de vidro com as amêndoas salgadas da mão do irmão irrequieto com um gesto decidido, surpreendentemente rápido para alguém com a sua lentidão, mesmo antes de ela cair no chão.

— Ai Jesus! — suspirou. — Quase que acontecia uma desgraça. Apresentar queixa dele em tribunal? O Boccetta? De que fala o senhor? O senhor é estrangeiro. O que sabe dos direitos desta cidade?

— E o que significa um processo neste país — retomou a palavra o mais novo, enquanto procurava um substituto para a taça. — Sobretudo para alguém que não é daqui e que, para além do mais, tem como adversário o Boccetta. — Pegou num molho de chaves, para atirá-lo ao ar e voltar a apanhá-lo. — Pensa mesmo num processo? Então tome atenção: o senhor é que chorará lágrimas quentes.

— Não é preciso sequer pensar em apelações, objecções, revisões e nos obstáculos formais, cujo número chega às dúzias.

— Já para não falar dos equívocos que aqui ocorrem, das intimações falsas e dos documentos que desaparecem e nunca voltam a aparecer.

— Terá de lidar com magistrados, consultores, procuradores, advogados e substitutos, com escrivães, oficiais de justiça e de diligências e todos eles, tanto uns como os outros lhe exigirão dinheiro...

— E terá de pagar incessantemente e sem encontrar compaixão. Pela redacção, pela modificação e pela entrega da acção judicial. Pela intimação, pelo selo, pelo parecer e pela citação de cada testemunha...

— E para que os seus documentos sejam apreciados. Terá de pagar as certidões e por cada anotação nos documentos...

— E por cada registo, por cada despacho, por cada assinatura e até mesmo por cada *salvo orrore...*

— E, um dia — disse o mais velho —, para sua surpresa, dar--se-á conta que a sua acção judicial lhe será recusada *in absentia*. Contestará e solicitará a revisão do processo...

— E, com isso, começará tudo de novo... — continuou o irmão mais novo. — Perderá o seu dinheiro e, por fim, quando estiver cansado de tudo isto e quiser partir, terá tão pouco...

— Que não será sequer suficiente para um muar ou uma carroça — finalizou o mais velho, e tirou a clepsidra do alcance das mãos do mais novo com um ar aborrecido.

— É assim que se governa a justiça no ducado? — murmurou Behaim perplexo. — Era então nisso que ele pensava quando me disse que me deveria sentar com o traseiro nas suas urtigas!

— Deixe-me em paz com o seu traseiro — exclamou o mais velho dos irmãos indignado, que tinha apenas ouvido esta palavra e interpretado à sua maneira. — Está a responsabilizar-me pelo modo como a justiça é aplicada neste país? Disse-lhe apenas como as coisas funcionam e em vez de me saber agradecer, por o livrar de prejuízos, é obsceno. São precisos muitos anos antes que alguém que venha do outro lado das montanhas aprenda os bons costumes e maneiras daqui.

— Perdão — disse Behaim, que não conseguia compreender por que motivo tinha sido repreendido. — Não vos queria ofender. Então não irei a tribunal. Mas o que devo fazer? A ideia do Boccetta e de ele me privar dos dezassete ducados por maldade e ainda fazer troça de mim não me deixa dormir de noite.

— Se não consegue dormir de noite — afirmou o irmão mais velho —, então leia um pouco das Escrituras Sagradas. Assim o seu tempo passa, a sua raiva acalma e em vez dela aparece o cansaço.

— Estou-lhe mil vezes agradecido — respondeu Behaim. — Mas com isso não chegarei aos meus dezassete ducados.

— Tente esquecê-los! — aconselhou-o o irmão mais novo.
— Esforce-se por tirá-los da cabeça! Elimine-os da sua memória! Zaragatear com um canalha astuto como esse, que não dá o mínimo valor a homens honrados, por dezassete ducados não é conveniente para uma pessoa como o senhor.
— E não tenha problemas — consolou-o o irmão mais velho.
— Ele receberá o seu castigo no outro mundo.
— Certamente, senhor, certamente — disse Behaim. — Disso não tenho dúvidas. Mas neste gostaria de ter o meu dinheiro.
— Parece — declarou o irmão mais novo — que quando se trata de dinheiro não aceita um conselho e permanece no seu carácter teimoso e obstinado.
— O senhor — exclamou o irmão mais velho — devia aprender a conter-se, para conseguir dominar as suas ambições.
Isso foi demasiado para Joachim Behaim.
— Pela cruz sagrada! — praguejou. — Pare com isso! Não me conhece e o Boccetta também não sabe com quem está a lidar. Mas vai sabê-lo para sua infelicidade. Até agora qualquer um que tenha tentado meter-se comigo saiu-se mal.
Os irmãos trocaram olhares e o mais novo soltou um assobio.
— Se é isso que pensa... — começou.
— Isso seria certamente antecipar o tribunal criminal de Deus — reflectiu o mais velho.
— Mas eu não conheço muitos que lhe invejassem um tão pequeno antegozo — exclamou o mais novo.
— Certamente que algo administrado na dose certa faz milagres — admitiu o mais velho.
— Aumenta a vontade de pagar.
— Agora o senhor não devia fazê-lo. Não desfazendo a sua mão e a sua habilidade, mas o senhor não tem prática, nem segurança. Um pouco em demasia e ficaria em dificuldades.

— Também não precisa disso. Para isso há outros. Encontrará pessoas que se mostrarão dispostas a fazê-lo por uma pequena quantia...

— Só precisa, por exemplo, de se dirigir à taberna do Cordeiro, perto da catedral, e lá perguntar pelo Mancino e, se ele não estiver, deixe-lhe um recado com os seus companheiros.

— Ele percebe do seu ofício. Maneja o punhal com tanta suavidade e destreza...

— Como um de nós come uma cavala — terminou o irmão mais velho a lição.

E, nesse momento, Behaim recordou-se que Mancino lhe tinha feito uma oferta destas ou de um género idêntico na taberna precisamente quando o vinho lhe tinha começado a subir à cabeça. "Não precisa de se preocupar", tinha dito Mancino. "Deixe-me tomar conta do assunto como se fosse meu."

Joachim Behaim levantou-se e bebeu em pé o seu copo de vinho até ao fim.

— Muito obrigado, senhores! — disse em seguida. — É uma boa ideia e o melhor nela é que facilmente se transforma em realidade. Conheço essa taberna e também conheço o Mancino. Não faço com agrado algo que vá contra a lei. No entanto, neste caso, uma vez que se trata do Boccetta, parece-me ser bem fundamentado e acertado adaptar-me aos costumes nacionais.

E fez com a mão o gesto de uma facada.

7

Era a terceira vez que se encontravam no local combinado, o pinhal junto à estrada para Monza, contudo desta vez não ficaram no exterior, refugiaram-se em boa hora na taberna junto ao ribeiro, pois o céu estava nublado e ameaçava-os com uma chuvada. Um busardo, que tinha subido para cima de um cepo, cumprimentou-os com um bater de asas e um grito rouco quando se aproximaram da casa. Em vez dos tabeneiros, que durante o dia tinham de fazer a lavoura, encontrava-se na taberna um rapaz para servir os clientes que, de vez em quando, apareciam. Na estreita sala serviu à rapariga leite e pão de figos e a Behaim vinho da região de Friul numa cabaça.

— É mudo de nascença — disse a rapariga, assim que o rapaz deixou a sala — e, por isso, não pode divulgar que aqui estive na companhia de um estrangeiro. Para ele é uma infelicidade, mas para mim uma vantagem, pois apenas os mudos são de confiança. É parente de um pastor desta região e as pessoas chamam-lhe Nepote.

Behaim tinha entretanto provado o vinho.

— Não te podes um dia queixar — disse à rapariga — que te privei da verdade sobre mim. Deves saber, antes que seja tarde, que sou alguém que está preparado para trocar o meu cavalo e a minha carroça por bebida se o vinho o consentir. E este aqui não parece ser mau.

— Beba — aconselhou-o Niccola — tanto quanto lhe apetecer, pois para aqui vir e me encontrar não necessita de um cavalo ou de uma carroça.

As suas conversas apaixonadas iam sempre dar ao seu primeiro encontro, cujo palco tinha sido a rua de Santiago, e ao impressionante milagre de se terem voltado a encontrar numa cidade tão grande e populosa.

— Tinha de te reencontrar — explicou-lhe Behaim —, pois conseguiste deixar-me tão apaixonado por ti à primeira vista, que não teria conseguido continuar a viver sem te ver. Mas não tornaste o reencontro fácil.

— O que poderia eu ter feito? — retorquiu Niccola.

— Não voltaste à rua na qual nos vimos pela primeira vez, procurei-te por lá frequentemente — queixou-se. — Sim, até saí da minha pensão, que tinha tudo o que precisava, e alojei-me numa casa verdadeiramente pobre na rua de Santiago apenas para que pudesse procurar-te melhor. Sentei-me à janela horas a fio e procurei-te por entre aqueles que por ali passavam.

— Tinha mesmo interesse em voltar a ver-me? — quis saber Niccola.

— Mas que pergunta! — disse Behaim — Tu mesma sabes que és uma daquelas que apenas necessita de lançar um olhar a um homem para deixá-lo louco.

— Ouve-se com cada coisa — afirmou Niccola. — É preciso ficar louco para sentir desejo de voltar a ver-me?

— Ai de mim! Mantém-te em silêncio e não confundas as coisas — disse Behaim. — Olhaste para mim, deixaste-me louco por ti e depois foste-te embora tão depressa como um leopardo. Eu ali fiquei sem saber o que me tinha acontecido. E, acredita em mim, para te voltar a ver ter-me-ia condenado ao Inferno de livre vontade.

— Não deve proferir tais palavras — disse Niccola e benzeu-se.

— E o ter voltado a encontrar-te — continuou Behaim — devo-o apenas à minha sorte, que me levou àquela taberna na altura certa, na qual o Mancino estava sentado e esperava por ti. Não fizeste nada por isso.

— A sério que não? — perguntou Niccola sorrindo e corando. — O Mancino está furioso comigo. Desde aquele dia que não se deixou voltar a ver, saiu do meu caminho.

— Fizeste tanto quanto nada para que tal acontecesse — explicou Behaim. — Era ele, o Mancino, que procuravas, não eu.

— Viu-me passar, mas não pensou em perseguir-me — repreendeu-o Niccola. — Viu-me e deixou-me ir embora. Eu lembro-me, tinha um jarro de vinho à sua frente e não queria abandoná-lo por minha causa. É assim o seu empenho. Mas eu? Eu vi-o sentado com o Mancino e disse para mim: alto, Niccola, se esta não é uma oportunidade...

Era precisamente isso que Behaim queria ouvir, mas não se deu por contente, ele queria ouvir mais coisas do género da boca dela e continuou a investigar:

— Tu viste-me então sentado com o Mancino. E o que achaste de mim?

— Pois bem, eu vi-o — contou Niccola — e voltei a vê-lo e, na realidade, não encontrei nada que me pudesse ter desagradado em si.

— Pois bem, sim, não sou torto, nem coxo e também não sou estrábico — disse Behaim, e acariciou a face, o queixo e a barba.

— E disse para mim: sabes, Niccola, no amor por vezes é a mulher que tem de dar o primeiro passo — continuou a rapariga. — Mas se neste caso foi o correcto...

— Disso não tenho dúvidas! — disse Behaim. — Fizeste precisamente o correcto. Tu sabes o que se passa comigo e que por amor a ti quase perdia o juízo.

— Já me disse isso — afirmou Niccola. — E talvez me ame de verdade, mas, no entanto, apenas como um grande e nobre senhor ama uma pobre rapariga... Com medida.

Enquanto o disse, olhava para a rua, para o ribeiro e para as árvores em torno dele, que pareciam tremer sobre a chuva e algo da melancolia da paisagem apoderou-se da sua alma.

— Seria também insensato da minha parte esperar mais do que isso — acrescentou.

— Eu não sou nobre — rectificou Behaim. — Sou um comerciante, faço negócios com este e com aquele, é assim que vou vivendo. Aqui em Milão vendi dois cavalos e viverei por uns tempos com o lucro que eles me proporcionaram. Também tenho aqui — a sua cara tomou uma expressão sombria, assim que pensou em Boccetta — dívidas a cobrar.

— Graças a Deus! — disse a rapariga. — Pensei que fosse nobre e de uma casa grande. Prefiro assim. Pois não é bom quando no amor um come um bolo e o outro um pouco de papas de milho.

— Mas o que é isso? — perguntou Behaim que, por Boccetta lhe ter vindo à cabeça, tinha apenas ouvido meias palavras. — Por não ser nobre chamas-me papas de milho?

— Eu — esclareceu Niccola — é que sou as papas de milho, o senhor é o bolo.

— Tu? Papas de milho? Mas de que falas? — exaltou-se Behaim, e parou de pensar em Boccetta. — Papas de milho! Tu sabes muito bem e queres ouvir mais uma vez de mim que és a mais bonita de Milão e a minha preferida e que não voltarei a encontrar alguém como tu.

Niccola corou de divertimento.

— Então gosta de mim? É bom para mim?

— Como é que me cativaste? — perguntou Behaim. — Puseste-me a ervinha "vem-atrás-de-mim" no vinho ou na sopa? Quando não estou contigo não consigo pensar em mais nada. Nunca estive tão apaixonado em toda a minha vida.

— Isso é bom — disse Niccola — e deixa-me feliz.

— E tu? — perguntou Behaim. — O que se passa contigo? Amas-me?

— Sim — disse Niccola. — Muito.

— Diz-mo novamente!

— Amo-o muito. Estou apaixonada por si.

— E através de que sinal, através de que acto pensas tu anunciá-lo e comprová-lo?

— Necessita de um sinal? O senhor sabe que é assim.

— Quando nos encontrámos pela primeira vez — disse Behaim —, prometeste-me um beijo e muito mais.

— Eu fiz isso? — exclamou Niccola.

— O teu olhar fê-lo — esclareceu Behaim. — Nos teus olhos havia uma promessa. E agora que a nossa situação está no bom caminho, peço-te que a cumpras.

— Deixar-me-ei beijar por si com todo o prazer — prometeu Niccola —, mas não aqui, onde este jovem, o Nepote... Não, peço-lhe, agora não, oiça-me! Porque é que ontem quando estive consigo...

Queria recordar-lhe que no dia anterior no pinhal, no qual se encontravam sozinhos e tranquilos, ele não a tinha beijado, mas não podia continuar a falar, pois ele tinha-a puxado para si, porque tinha visto o momento ideal para se aproximar. E enquanto se entregava às carícias dele num abraço apertado, conseguia manter o olhar na porta e na janela e, ao mesmo tempo, tomar atenção aos passos de Nepote que descia para a cave.

Foi necessário algum tempo antes que Behaim a largasse.

— E agora? — perguntou. — O que faz a predilecta do meu coração?

— Despede-se de si — disse Niccola com uma pequena vénia encantadora. — E é capaz de ser verdade o que com tanta frequência se ouve, que uma boca beijada não perdeu nada.

E passou a língua pelos lábios como um gato que acabou de beber um pouco de leite.

— Queres com isso dizer — quis Behaim saber — que nunca antes alguém te abraçou ou beijou?

— Não tem de saber tudo — afirmou Niccola. — Talvez eu seja uma daquelas que se deixa beijar em cada esquina.

— Mas tu deves saber, e digo-te desde já — esclareceu Behaim —, para que não haja nenhuma discussão, que não pertenço àqueles que se contentam apenas com beijos.

— Já reparei nisso — disse Niccola e esforçou-se para manter o tom de reprovação na sua voz. — Quando me deixei beijar por si brincou também com as suas mãos. Foi algo bastante impertinente. E certamente não lhe prometi que após tão pouco tempo...

Calou-se, pois o rapaz que os servia estava na sala com um jarro de vinho na mão. Corou de vergonha, pois não sabia quantas das suas palavras ele tinha escutado. Aproximou-se da janela e olhou para a estrada e para o ribeiro. Tinha parado de chover. O busardo eriçava a sua plumagem e afiava o seu bico na corrente que o prendia.

Num tom de voz baixo, sem mover os lábios, disse a si mesma: *talvez seja verdade que ele me ama, pois não é do tipo que diz palavras bonitas. Sim, acredito, está apaixonado por mim. Mas ele já amou tantas mulheres. Oh, Deus, fica do meu lado! Que o que surgiu entre nós termine com felicidade e alegria para mim.*

Pois eu posso prometer-te, e Tu também o sabes, que serei dele se ele me quiser.

Naquela tarde chuvosa, *messer* Leonardo, como fazia frequentemente, dirigiu-se ao mercado das aves, próximo da Porta Nuova, que tinha lugar duas vezes por semana. Enquanto caminhava de um lado para o outro por entre as barracas, quiosques, tendas e carroças e observava os pássaros nos seus cárceres e enxovias de varas de vime e sanguinho-de-sebes entrançadas, foi informado pelos comerciantes de aves de que modo e com que artimanhas as aves se deixavam enganar com reclamos, varas com visco e redes e ouviu também as suas queixas de quanta cautela, paciência e esforço eram necessários nesta ocupação e como, para além disso, rendia tão pouco.

Messer Leonardo tinha então adquirido, com meio escudo que tinha encontrado inesperadamente na sua mala na manhã desse dia, alguns pintassilgos, dois tordos, dois tentilhões e um picanço que, como era seu costume, queria libertar fora da cidade, no campo ou num bosque. Dava-lhe sempre prazer observar como as aves se comportavam de diversos modos, quando recuperavam a liberdade após um longo período de cativeiro, como algumas esvoaçavam desorientadas, como se não soubessem se deveriam começar a voar, embora outras se lançassem para o ar e desaparecessem de vista num instante.

Seguia por um caminho que levava a Monza na companhia de alguns dos seus amigos, e um deles, Marco Bandello, que apesar de ainda ser jovem contava já com uma boa reputação enquanto novelista e contador de histórias, carregava as gaiolas dos pássaros. Tinha partido no dia anterior de Brescia para Milão apenas com um propósito, para ver quão avançado estava *messer* Leonardo com a sua *Última Ceia*.

— Eu queria — disse ao poeta do ducado, Bellincioli, que seguia a seu lado —, se me fosse possível, expressar no conto, com o qual me ocupo actualmente e penso chamar "O Retrato Inteligente", apenas uma parte de toda a diversidade das formas e as suas ligações que o *messer* Leonardo conseguiu tornar visível em todas as suas pinturas. E esta diversidade e plenitude é tão surpreendente quanto se pode imaginar, tão jovem que é o exercício desta arte nos nossos tempos, pois até à altura de Giotto estava enterrada sob a loucura das pessoas.

— Injustamente — explicou *messer* Leonardo —, elogias, Matteo, o mínimo dos mínimos que até hoje consegui obter na pintura. É possível que tenha aprendido alguma coisa com o meu professor em Florença, o mestre Verrocchio, assim como ele também adoptou isto ou aquilo de mim. Mas foi somente aqui em Milão, com esta *Última Ceia*, que me tornei pintor.

— E, por esse motivo — observou Bellincioli com algum sarcasmo —, para si seria preferível se lhe fosse permitido continuar o resto da sua vida com esta *Última Ceia* e fazer as suas experiências com tintas e vernizes.

— Não tenho — opôs-se Leonardo — maior desejo do que terminar esta bonita obra, porque logo depois penso dedicar-me totalmente ao estudo da matemática, pois é nela que é possível reconhecer a determinação de Deus. No entanto, tanto o céu como a terra têm de me prestar auxílio nesta *Última Ceia* para que seja algo com um grande significado, para que viva eternamente e seja um testemunho da minha pessoa. É verdade que estou parado desde há algum tempo com o pincel e as tintas. Todavia, para esta obra dois ou três anos não é muito tempo. Também devia pensar que sou um pintor e não um burro de carga. Não ando sempre com o pincel na mão, por isso passo todos os dias duas horas em frente à pintura e reflicto em que lugar devo colocar as figuras, que forma lhes deverei dar, que postura e mímica lhes deverei conceder. Já para não falar do difícil trabalho nas ruas, nas tabernas e em outros locais que, por acaso, esta manhã me rendeu meio escudo. Foi mais do que bem-vindo, pois sem ele não poderia ter comprado estes pequenos prisioneiros que o nosso Matteo carrega às costas.

E questionado sobre quais as circunstâncias desse meio escudo, *messer* Leonardo informou:

— Os senhores sabem que esta pintura, na qual represento o Salvador à mesa com os seus discípulos, exige algum trabalho prévio que me toma muito tempo e, por vezes, sigo alguém cujo queixo, cara, cabelo ou barba me chama a atenção durante um dia inteiro, para todo o lado, de modo a averiguar o seu carácter e a sua natureza, para criar, segundo essa pessoa, o meu Tiago ou o Simão Pedro ou qualquer outro dos doze. E hoje de manhã aconteceu-me que um indivíduo que eu seguia por esse motivo, se virou e dirigiu-se a mim com um ar carrancudo: "Aqui tens, chato, o teu meio escudo", disse-me rudemente, "e, para que saibas, encontrei-o na sarjeta e agora vai-te embora e não me maces mais e de futuro toma melhor conta do teu dinheiro!" E com isso foi-se embora e ainda o vi durante algum tempo a barafustar consigo mesmo e, deste modo, senhores, cheguei ao meio escudo e mais dinheiro não tenho, pois ontem comprei tecido para um sobretudo e um boné para o meu criado Giacomo, a quem chamo de *Comilão*, para finalmente me dar algum sossego, uma vez que me importunava constantemente com os seus desejos, reclamações, queixas e pedidos.

— E, portanto, depois de ter gasto o seu dinheiro com esse mandrião e saco de mentiras, esse patife que rouba o linho da cama e faz dele estopim para atiçar o fogo no forno, não encontrou melhor utilização para o meio escudo do que levá-lo imediatamente para o mercado das aves? — exaltou-se o escultor de madeira Simoni, que seguia com Marco d'Oggiono atrás de *messer* Leonardo.

O novelista Bandello, que carregava às suas costas cinco ou seis gaiolas, parou e virou a sua cara de rapaz alegre para o escultor de madeira, o qual, desde que o conhecia, adorava fazer de alvo das suas graças e brincadeiras.

— Então o senhor não sabe, mestre Simoni — disse, avançando a seu lado — que o *messer* Leonardo anda atrás do segredo do voo das aves? Dentro de pouco tê-lo-á descoberto e para tal ajudá-lo-ão todas estas pequenas criaturas, os tentilhões e os pintassilgos, com as quais me carregou. O seu papel neste caso é certamente muito maior e mais importante do que o meu, e chegará o dia em que o encontrarei deitado no hospital, no qual...

— No hospital? Eu? — interrompeu-o o escultor de madeira.

— Sim, com algumas fracturas nos braços e nas pernas, como implica esta situação — continuou Bandello —, mas cheio de glória. Todos nós seremos consumidos pela inveja, pois foi a si que o *messer* Leonardo destinou a honra e a distinção de ser o primeiro de todos os mortais a alcançar as nuvens com asas de águia, tal como um deus.

— Ainda não foi decidido se será com asas de águia — opôs-se Marco d'Oggiono. — A mim, o *messer* Leonardo falou-me apenas de um par de asas de morcego que seguramente tem para o mestre Simoni. Pois todos sabem: asas de morcego acabam por ficar muito mais baratas do que asas de águia.

— De que falam? — exclamou o escultor de madeira apavorado. — Meu Deus do céu! Será que o *messer* Leonardo não pensou que estou no meio do trabalho da minha Ecce Homo? E não sabe que nestes maus tempos ainda tenho de alimentar o meu pai, que está velho e doente e não ganha mais nada com a sua ocupação? A mim! Nas nuvens! Deverá o velho, doente como está, mendigar pão na rua? E o senhor — virou-se agora com veemência para o jovem Bandello — um jovem fala-barato, um mandrião, que não se preocupa com ninguém no mundo...

— Pense, mestre Simoni — opôs-se Bandello —, que o senhor, que está habituado e tem prática em trabalhar a mais dura madeira com o escopro, a goiva e o maço, tem uns braços com forte musculatura, por isso o *messer* Leonardo escolheu-o para esta obra e não a mim, que apenas escrevo com a pena. Dê-se então por satisfeito. Eu também faço a minha parte. Carreguei arduamente às costas durante todo este longo caminho, sem me queixar, os tordos, os tentilhões e os pintassilgos, para servir o *messer* Leonardo. Fale com ele, mestre Simoni, e não tenha papas na língua. Diga-lhe que exige asas de águia, que apenas a elas tem direito, e não as miseráveis asas de morcego que não lhe são dignas. Vá falar com ele!

Acenou a *messer* Leonardo que tinha caminhado mais depressa do que eles e agora aguardava com Bellincioli em frente à taberna junto ao ribeiro, na qual Niccola e Joachim Behaim conduziam as suas conversas amorosas.

O pintor d'Oggiono colocou o seu braço sobre o escultor de madeira e agiu como se tivesse um bom conselho para lhe dar.

— Tome atenção! — disse. — As coisas não correrão mal com as asas de morcego. Não o levarão até às nuvens, o senhor ficará sempre a uma pequena distância do chão e quando cair, daí resultará apenas o susto e talvez uma perna partida. Então poderá terminar a sua Ecce Homo e continuar a exercer o seu ofício e, para além disso, com uma melhor reputação e ninguém reparará que coxeia ou que talvez arraste um pouco o pé. Oiça-me a mim e não ao Bandello, tenho apenas o seu interesse em vista. Despache-se, fale com o *messer* Leonardo e exija as asas de morcego!

O escultor de madeira olhava perplexo e admirado para d'Oggiono, que nem pestanejava. Queria ir atrás de *messer*

Leonardo, que tinha seguido à frente, para lhe pedir explicações, mas o seu olhar caiu sobre Matteo Bandello, que não tinha conseguido conter o riso e então apercebeu-se de que tinham troçado dele. E, apesar de se sentir muito aliviado por não existirem perigos e pela sua vida não ter sido posta em jogo no ar, enfureceu-se e começou a praguejar como um pagão.

— Vão para o Diabo, seus filhos da mãe, e deixem que ele vos arranque à força as vossas más-línguas da boca! — gritou, depois de lhes ter desejado a peste, a varíola, a descalcificação dos ossos e toda a miséria e pragas e de ter amaldiçoado o ar que respiram. — Não acreditei em nenhuma palavra da vossa conversa desde o início. Não me fazem passar por tolo tão facilmente, tenham isso em conta! A mim não!

E limpou as gotas de suor frio da cara, que provavam o medo de morte que tinha sentido.

Em frente à taberna junto ao ribeiro, *messer* Leonardo explicava ao poeta da corte Bellincioli quão necessário é para o pintor conhecer na perfeição e compreender a anatomia dos nervos, dos músculos e dos tendões.

— Tem de se saber reconhecer — explicou — nos tão diversificados movimentos humanos, assim como em cada utilização da força, que músculo é a causa do movimento e do desenvolvimento da força, de modo a representar apenas esse músculo em toda a sua intensidade e não também todos os outros. E quem não é capaz disso, então deverá pintar um molho de rábanos, mas não o corpo humano.

Virou-se para os outros que entretanto tinham acabado de chegar e disse:

— Não queremos ficar aqui e tu, Matteo, ainda tens de levar a carga por mais um bocado do caminho, pois eu não tinha pensado neste estorvo.

Apontou para o busardo que esvoaçava de um lado para o outro agitado e soltava gritos irados.

— Sim, fazemos bem em ir embora daqui — afirmou Bandello. — Ele sente as aves que carrego e assusta-as de morte com o seu grito. Nenhuma delas deixará a sua prisão enquanto souber que este jovem predador está nas imediações.

Continuaram pela estrada em direcção ao pinhal. O escultor de madeira parou por um momento e olhou para trás para a taberna. Depois alcançou novamente os outros.

— Ela desapareceu, já não aparece — informou. — Não a viram? Assomou-se à janela apenas por um instante, mas eu reconheci-a.

— Quem é que reconheceu? — perguntou o pintor d'Oggiono.

— A rapariga, a Niccola — respondeu o escultor de madeira. — Vocês conhecem-na, a filha do prestamista. Mesmo que ela não me ofereça um olhar quando passa por mim, fico contente de igual modo, desde que a encontre. É encantadora. Vai à missa a Santo Eusorgio.

— Sim, é bonita — disse *messer* Leonardo. — Quando Deus criou a sua cara fez um grande milagre.

— Veio para cá de Florença e tem o andar flutuante das florentinas — elogiou o escultor de madeira.

— No entanto — observou o poeta Bellincioli —, nem o seu andar, nem a sua beleza a ajudaram a arranjar um esposo ou um amado.

— Como? Um amado? — exclamou o jovem Bandello. — Não reparou que o mestre Simoni se apaixonou por ela para a vida e para a morte? Vai negá-lo, mestre Simoni? Vá ao encontro dela e fale com ela, diga-lhe o que se passa consigo!

— Falar com ela? — surpreendeu-se o escultor de madeira. — Pensa que é assim tão simples?

— Vá e não seja um desses acanhados — encorajou-o o jovem Bandello. — Faça das tripas coração, o senhor é um homem vistoso, não a encontrará desprevenida. Ou quer que eu o tente? Trata-se apenas de saber encontrar as palavras certas.

Agiu como se a rapariga se encontrasse à sua frente e, apesar das gaiolas às suas costas, conseguiu fazer uma vénia elegante.

— Minha menina! — iniciou o seu discurso. — Se não a importunar... Não! Isso soa vulgar. Minha menina bonita, que tenho a sorte de encontrar inesperadamente, peço-lhe, tanto quanto posso, aceite o meu amor e ensine-me como poderei obter o seu. O que acha mestre Simoni? Agrada-lhe? Sim, algo assim não se pode comprar na botica.

— Deixe-a em paz — disse Bellincioli. — Ela é esperta o suficiente para não se permitir nenhuma aventura amorosa com alguém como o senhor, pois sabe que no final seria desprezada e enganada. Acredite em mim, não é uma sorte ser-se bonita quando se é filha do Boccetta.

Continuaram o seu caminho em silêncio por alguns instantes.

— E digo-lhe que ela tem um amado — esclareceu subitamente o pintor d'Oggiono — e que neste momento até tem um encontro secreto com ele. E é alguém de outra cidade que não esta, que não sabe quem ela tem como pai. É portanto nesta taberna que ela encontra o seu amado. Gostaria de saber...

Encolheu os ombros e não voltou a falar sobre o assunto.

— Eles desapareceram — disse Niccola e dirigiu-se com um suspiro de alívio para junto de Joachim Behaim e regressou para os seus braços. — Era o *messer* Leonardo com os seus amigos e entre eles há certamente alguns que me conhecem. Foi um bom susto. Se eles me tivessem visto aqui, não, pela minha alma, não poderia acontecer-me nada pior.

8

Quando Joachim Behaim lhe contou que se tinha alojado num péssimo sótão, para originar um reencontro com ela, cuja única vantagem que lhe oferecia era poder olhar para baixo para a rua de Santiago e precisamente para o local onde se tinham encontrado, ela decidiu de imediato ir a este péssimo sótão, a correr, a voar, para ver como ali habitava o seu amado. O pensamento de que poderia andar na boca do mundo já não a afligia, pois o seu amor tinha tomado uma tal dimensão, que receio e dúvidas tinham sido superados por ele. Mas uma vez que Behaim não a convidou a ir a casa dele e continuava a falar sobre como a tinha procurado em vão e se tinha sentado horas a fio à janela numa espera impaciente, viu que tinha de ser ela a encarregar-se disso.

— Espero que não pense — disse e olhou para o seu amado com um sorriso — que irei visitá-lo a esse quarto, quer seja bom ou mau. O senhor sabe como isso iria contra os bons costumes e por isso não mo pedirá. Não duvido que aqui nesta cidade existam muitas mulheres que o fizessem com alegria, mas eu não sou uma dessas e o senhor sabe disso. Seria impróprio e se, contudo, o fizesse por amor a si, porque o deseja tanto, seja sincero, o que pensariam de mim as pessoas em sua casa? Talvez pudesse organizá-lo de modo que nenhum dos habitantes da casa passasse por mim... Mas também pensou que eu, quando me esgueirasse para o corredor da sua casa pelo portão, que deixaria aberto para mim, pudesse ser vista por alguém que me conheça e depois... Ai Jesus! Prefiro não pensar nisso, se tal acontecesse à minha boa reputação, em toda a cidade me apontariam o dedo. Por isso é melhor não falar mais do assunto... Não acha também? Tem de tentar tirá-lo da cabeça, se a minha honra tiver algum valor para si, ainda que pouco.

Contrariado, Behaim passou a mão direita pelo seu braço esquerdo, como sempre fazia quando algo ia contra a sua vontade. O seu desagrado virou-se contra ele e considerou-se um imbecil por não saber como poderia resolver esta situação. Estava consciente de que não tinha feito a Niccola essa proposta, contra a qual ela resistia impetuosamente, porém estava convencido de que com uma palavra precipitada e irreflectida a tinha deixado adivinhar os seus desejos e pensamentos e, com isso, pensava ele, tinha deitado tudo a perder.

— É capaz de ter razão — continuou a rapariga após alguma reflexão —, que já não estamos seguros de olhares curiosos aqui na taberna. Também já pensei nisso. Apenas há alguns dias vi o *messer* Leonardo e os seus amigos e ontem, como lhe disse, encontrei-me com uma pessoa a caminho daqui, que me olhou de um modo, não lhe sei dizer como... Assim, como se tivesse conhecimento de mim e de si e de tudo. Isso preocupa-me. Se o senhor achar que eu, sem ser vista e sem um único perigo... Talvez com um lencinho em frente à cara? Mas de que me ajuda isso, dizem-me, já me disseram várias vezes, que me conseguem reconhecer ao longe pelo meu andar. Diz-me, amado, achas que há algo de especial no modo como ando, algo que me distingue das outras? Não? Ou sim? A sério? E achas que, apesar disso, me posso aventurar? É preciso muita coragem, acredita em mim, e eu não sou corajosa. Mas também deve haver um santo para isso, um que uma pobre rapariga possa chamar, quando quiser entrar na casa onde o seu amado vive sem ser vista. Para tudo aquilo em que alguém se mete existe um santo ao qual se possa dirigir. Quando eu era criança diziam-me para chamar a Santa Catarina para aprender facilmente a ler e a escrever. Com a ajuda dela aprendi também a cantar e a tocar alaúde e a fiar lã, pois queria com isso ganhar a minha vida, contudo satisfaz-me muito mais fazer flores de papel colorido, pois sou muito habilidosa com a tesoura. Amado, aconselha-me então: deverei, antes de ir, acender uma velinha à Santa Catarina ou será que o Santiago é o indicado neste caso? É a ele que a rua é dedicada. Melhor seria se eu pudesse confiar no santo que ajuda os ladrões que entram em casa alheia sem serem vistos. Mas eu não conheço o nome desse santo. O Mancino poderia dizer-me, ele conhece toda a gente na quadrilha. Mas está furioso comigo e há dias que não me aparece à frente.

Depois, enquanto combinavam, por entre beijos e declarações de amor, o dia e a hora e tudo o que lhes parecia necessário para o próximo encontro, Niccola despediu-se da taberna, que lhes tinha prestado serviço, com um curto olhar e escapuliu-se. Da estrada, à luz ténue do dia que terminava, mostrou três dedos com a mão levantada ao seu amado, que estava muito contente com o sucesso que atribuía a si próprio e que se encontrava à janela e a observava, para lhe relembrar que a deveria esperar às três horas da tarde do dia seguinte em sua casa.

Agora que tinha de fazer com que a sua amada entrasse em casa e subisse para o seu quarto, sem que fosse incomodada por olhares curiosos, Behaim achou por bem contar novamente o seu segredo ao comerciante de velas. Encontrou-o na cozinha ocupado a preparar o jantar, a grelhar castanhas numa placa quente do fogão e, ao mesmo tempo, a assar maçãs.

— Entre, aproxime-se! — exclamou o comerciante de velas, alegrando-se por ter chegado alguém com quem pudesse iniciar uma conversa e como cumprimento abanou a colher de pau, com a qual misturava e virava as castanhas, como uma espada sobre a sua cabeça. — Aposto que veio para se fazer de convidado para o meu jantar, o cheiro das maçãs assadas sente-se por toda a casa e estas castanhas são do melhor que se consegue encontrar no mercado, vêm de Brescia. Chega para dois, a mesa vai já ser posta e também lhe sirvo uma salada de deliciosas ervas. Hoje é meu convidado, amanhã sou eu o seu. Portanto sente-se e sirva-se.

E uma vez que para ele era uma das maiores alegrias deste mundo conseguir uma boa e abundante refeição às custas de outrem, acrescentou:

— Se quiser digo-lhe já hoje qual o meu prato favorito para que tenha tempo de o preparar amanhã. O que acha de um leitãozinho para nós os dois?

— Vim aqui — disse Behaim, esfregando o seu braço esquerdo — para lhe dizer que amanhã...

— Dia de jejum? — interrompeu-o o comerciante de velas. — Eu sei. Mas nesse ponto não sou melhor do que um turco. Permito-me receber a uma sexta um leitão ou uma perdiz, se preferir, e se chama a isso pecado, então é um daqueles que se deixa lavar com um pouco com água benta. Mas, como quiser, também podemos aguentar o dia de jejum enquanto, como bons cristãos, nos contentamos com um guisado de tenca ou, ainda melhor, com pequenas gambas em manteiga e com fatias de pão tostado. Essa é a refeição certa para o dia de jejum.

Encostou a cabeça para trás, fechou os olhos e fez como se deixasse desfazer na sua língua com prazer as gambas, uma após a outra.

— Tomaremos — disse Behaim —, senão hoje ou amanhã, certamente uma refeição juntos uma outra vez. Hoje vim aqui apenas para lhe dizer que amanhã espero uma visita. Ela vem aqui, ela prometeu-me, e com isso concedeu-me uma grande honra.

— Quem vem aqui? — perguntou o comerciante de velas, sem mostrar particular curiosidade, e descascou duas castanhas e atirou-as para a sua boca, desfeito o sonho do seu prato preferido.

— Aquela de quem andava atrás. Encontrei-a — esclareceu Behaim.

— Não sei atrás de quem andava. Quem é que encontrou portanto? — quis saber o comerciante de velas.

— A rapariga — disse Behaim. — Aquela de quem lhe contei, recorde-se!

— Portanto encontrou-a! Pois bem, isso não me surpreende — afirmou o comerciante de velas. — Não lhe disse anteriormente que a encontraria? Também soube por mim onde a deveria procurar, não tinha mais nada que fazer do que seguir os meus conselhos. Vê então novamente o grande esforço a que me dou para o ajudar em tudo, a si que é de fora desta cidade e, para além disso, não muito esperto e inexperiente. E uma vez que teve a sorte de voltar a vê-la através das indicações que lhe dei, ainda nutre um sentimento tão louco por ela?

— Agora que conheço o carácter e o feitio dela ainda estou mais apaixonado do que anteriormente — confessou-lhe Behaim.

— Ela parece, dito isso, se é que se pode acreditar no que diz, ser uma mulher bastante aceitável — manifestou-se o comerciante de velas. — Agora, não o quero privar do meu conselho neste assunto. Pegue nela e divirta-se, mantenha-a durante alguns dias, mas não demasiado tempo, e depois deixe-a ao meu cuidado e procure uma outra para si!

— Que diabo, porque é que haveria de fazer isso? — perguntou Behaim surpreendido e admirado. — O senhor está a ver que estou doido por ela.

— Precisamente por ver isso é que lhe dou este conselho, pelo qual me irá um dia agradecer e apertar a mão, pois falo consigo como amigo. Vejo que ela é daquelas não precisa de tambor nem de pífaro para deixar os homens a dançar. Em breve chegará a um ponto, se se envolver demasiado nesta aventura amorosa, no qual se verá entre a espada e a parede, e depois não será capaz de a desemparelhar.

— De a desemparelhar?

— Sim. De se livrar dela na altura certa e de um bom modo.

— Mas o que está para aí a dizer! — exclamou Behaim. — Repare que eu só tenho um pensamento, fazer tudo para que seja minha, não quero que este amor termine tão cedo e por isso levarei a rapariga comigo quando me for embora daqui, disso estou certo, pois ela é, de todas as que alguma vez encontrei, a melhor, a mais bela e a mais inteligente e não há muitas coisas neste mundo que signifiquem tanto para mim como o amor que sinto por ela.

E apenas depois de ter esclarecido, deste modo, o comerciante de velas sobre o ponto da situação, achou que era tempo de respirar.

— Ai, amor! — disse o comerciante de velas com um suspiro profundo. — O que percebe de amor? Um pequeno prazer e um choro longo, amargo, isso é amor, se não lhe quisermos chamar, como fazem os filósofos, uma mera fantasia que nos confunde os sentidos. Pois bem, meteu na cabeça que a quer amar e está decidido a ficar com ela para si e seria insensato prestar uma boa acção a alguém que não a sabe apreciar. Não falemos mais disso. E aquele outro sobre o qual me perguntou? Pagou-lhe de volta os escudos que lhe tinha emprestado?

— Não me fale nele! — disse Behaim, e a sua raiva aumentou. — Mas ele vai pagar, disso pode ter a certeza, e ainda me vai pedir que aceite os dezassete escudos dele.

— Ocorreu-me — afirmou o comerciante de velas, e atirou-se às maçãs assadas — que talvez a sua amada tenha uma amiga, uma pessoa bonita e jovem, vê-se estas raparigas quase sempre aos pares. Se ela a trouxesse, eu não teria nada contra isso, pois conversar a quatro é muito melhor do que a três.

— A três? A quatro? — indignou-se Behaim. — O que está para aí a dizer? Não quero ouvir falar de a três ou a quatro, quero estar e ficar a sós com ela. Percebe isso?

— Não, não percebo, de todo — esclareceu o comerciante de velas abanando a cabeça. — Porque não lhe quer dar o prazer de desfrutar também da minha companhia? Quando estou de bom humor, nomeadamente, então vale a pena estar comigo, pode acreditar em mim. Cada palavra é um gracejo, sou uma pessoa cheia de piada, eu ofusco, quando alguém me ouve não consegue parar de rir.

— Tome atenção! — disse o alemão, que tinha perdido a paciência. — Espero-a amanhã às três horas e ela vem porque eu lhe disse que não encontraria uma cara alheia nesta casa. Portanto, não se deixe ver, aconselho-o, pois se ela vir apenas por um momento que seja a ponta do seu nariz, então virei ter consigo e bater-lhe-ei, e deixá-lo-ei num estado tal que os médicos discutirão semanas a fio sobre como o poderão fazer voltar a gatinhar. Pois eu sou desse tipo. Percebeu-me?

— Como queira. Tudo como o senhor quiser — disse o comerciante de velas, mais estupefacto do que com os seus sentimentos feridos. — Então fechar-me-ei na minha loja, também quero demonstrar-lhe este acto de amizade. Ameaças não surtem efeito em mim, mas com um par de boas palavras consegue tudo de mim. Mas ainda lhe quero dizer mais uma coisa: sabe que os preços dos cereais sobem, o vinho também fica mais caro, e neste Inverno rigoroso já tive de comprar lenha quatro vezes. E os meus problemas de bexiga também me trazem muitas dificuldades. Achará então compreensível que eu aumente dois carlini na renda semanal do seu quarto. Pois o que me paga à semana não dá sequer para a minha merenda.

Com movimentos rápidos e ágeis enfiou-se no seu vestido e quando ele, de um modo apaixonado, tentou mais uma vez abraçá-la e puxá-la para si, desprendeu-se dele, pois tinha-se tornado tarde. Com uma pequena e divertida careta, ao fazer beicinho e revirar os olhos, despediu-se dele por esse dia e à porta mostrou-lhe com os dedos da sua mão as horas a que deveria esperá-la no dia seguinte e com os mesmos dedos mandou-lhe um beijo. Depois deixou-o. Desceu as escadas com passos ligeiros. Quando atravessou o corredor ouviu uma porta ranger e através de uma frincha na porta surgiu a luz flamejante de uma vela. Não encontrou o seu lencinho, devia tê-lo deixado em cima no quarto do seu amado, e então escondeu a sua cara por detrás do seu braço dobrado, como que por detrás de uma máscara protectora, e, em breve, encontrava-se do outro lado da porta e na rua de Santiago.
Em cima, no seu quarto, Joachim Behaim tinha todos os seus pensamentos nela e nas horas que tinham passado.
Agora ela é minha, alegrou-se, ela ama-me e é óbvio que fui o primeiro a quem se entregou. Uma pessoa tão bela, agora sei quão bela ela é na realidade e é encantadora... Mas que afortuna-

do sou. Não é uma grande felicidade que Deus me oferece, que ela me ame? E amanhã ela regressa. Então tenho de ter qualquer coisa em casa para lhe servir, doces, sumo de fruta, guloseimas, diabos me levem não ter pensado nisso já hoje. Estou doido por ela, isso é óbvio, apanhou-me por completo. Não sei onde estou, se no paraíso ou no inferno. Deveria pensar-se que me foi concedido o paraíso, mas quando ela não está comigo, não tenho alegria, então é o inferno. Amanhã ela vem. Ai, se assim se mantivesse, que todos os dias pudesse dizer: amanhã ela está comigo. Agora, certamente, uma vez que nos tornámos íntimos... Mas de que me serve isso, o mundo, a vida separar-nos-ão. Se eu pudesse ficar com ela! Para quem me esforço? Valha-me Deus, mas que vida levei ao longo dos anos. Aqui e ali, de cavalo, de barco, em breve para a terra dos gregos, em breve para a dos turcos, para a dos moscovitas, depois de regresso a Veneza para o armazém. De novo de partida, para os mercados, para as cortes, sempre atrás do maldito dinheiro. Deus me acuda, que pensamentos são estes? Não sou mais do que um amado? Não sou mais do que um comerciante, um homem da balança e do côvado? Já não me conheço, não, já não sou o mesmo. Em que confusão estou metido?

Aproximou-se da janela, abriu as portadas e deixou a brisa do final da tarde soprar na sua face.

Ela é a minha amada, disse a si mesmo, porque não haveria de casar com ela para ficar com ela para sempre? Procuro nela riquezas, herdades, um palácio na cidade? Ela é bonita e inteligente, de bons costumes e humilde, e ama-me... Que mais posso querer?

Afastou-se da janela. Ficou surpreendido por não lhe ter ocorrido antes o pensamento de casar com ela e de a levar consigo quando deixasse Milão. Agora que tinha tomado esta decisão, uma grande tranquilidade apoderou-se dele. Tudo lhe parecia fácil e simples.

De que preciso então para contrair matrimónio com ela? Questionou-se. O que tiver de ser feito será feito em breve. Preciso de um padre e são necessárias duas testemunhas e que ela diga "sim" e nada mais.

A caminho de casa, ao anoitecer, Niccola entrou na igreja de Santo Eusorgio para ali ter uma conversa com Deus sobre o seu amor e o seu amado.

— Talvez estejas zangado — disse, em voz baixa, ajoelhada em frente à imagem do Salvador — pois tornei-me dele sem o sagrado sacramento. Mas não foste Tu mesmo que colocaste este desejo no meu coração, que me leva todos os dias até ele e aos seus braços? Hoje, pela tarde, aconteceu. Não o deixei esperar muito tempo, é verdade, mas pensei que quando dois são bons um para o outro, assim como nós, e gostam de se ver e abraçar, então não devem perder tempo, pois não se sabe o que poderá acontecer entretanto. Se fiz mal em agir assim, que não seja punida por isso, sê misericordioso com o nosso amor e faz com que tenha um final feliz para mim e para ele.

Uma vez que o pai dela trancava o portão todas as noites a uma hora fixa, mesmo que ela ainda não estivesse em casa, para que tivesse de chamar, gritar, pedir para entrar e, quando ele finalmente o abrisse, ter de ouvir as suas repreensões, tomou tempo apenas para dizer rapidamente um Pai-nosso.

Na rua, em frente à porta da igreja, encontrava-se o escultor de madeira Simoni, vindo do trabalho, de avental e socas de madeira e com a goiva na mão, que tinha atravessado a ruela rapidamente para tomar a hóstia na igreja durante a Eucaristia. Assim que reconheceu Niccola esfregou a sua barba alegre por a ter avistado e cumprimentou-a, tirando o barrete da sua cabeça calva. Ela agradeceu-lhe com um rápido sorriso e seguiu o seu caminho.

Eu não o conheço, mas ele cumprimenta-me sempre que me encontra, disse a si mesma caminhando rapidamente. Olha-me como se soubesse onde moro. Talvez seja um dos que lhe pedem dinheiro emprestado por uma fiança. Será que me conhece daí? Não, ele não parece encontrar-se nas mãos do meu pai. Oh, como me envergonho quando alguém me olha com um tal olhar, cheio de compaixão. Eles não sabem que ganho o pão que como com as minhas próprias mãos. O Mancino, ele sabe, de vez em quando traz-me lã para fiar. Não gostaria de encontrá-lo hoje. Seria uma desgraça se me cruzasse com ele. Ele olha-me na cara e sabe onde estive e o que aconteceu. Não deverá sabê-lo. Ele ama-me e se soubesse o que aconteceu, seria consumido por sofrimento e desgosto, como uma vela acesa se consome.

O portão não estava trancado. Quando subiu os degraus podres das escadas de madeira para o seu pequeno quarto, no qual se encontrava a sua cama, surgiu a voz de Boccetta por baixo da habitação.

— Pare, de uma vez por todas, com essa treta da piedade de Deus e do sofrimento cruel de Cristo, com isso está a soprar para um forno frio. Doente é o que diz? Ele pode estar doente à vontade e até pode morrer, se isso lhe der prazer, não me preocupa. É o fiador dele, por isso vai pagar. E agora, senhor, Deus o abençoe ou vá para o diabo, o que preferir. Amanhã traga o dinheiro. Se não o trouxer então vou divertir-me consigo, porque depois verei a sua cabeça através das grades da prisão dos devedores.

Em cima, no seu quarto, Niccola atirou-se para a cama.

— Amado — rezou e lamentou-se —, leva-me contigo! Leva-me para longe deste estranho homem que é o meu pai, leva-me para longe desta casa, que é pior que uma masmorra, leva-me para longe de Milão! Perguntaste-me se te amarei para sempre. Oh, amado, leva-me contigo, e se lá em cima existir um amor igual ao da terra, então amar-te-ei para toda a eternidade.

O comerciante de velas, que tinha observado através de uma frincha na porta, como Niccola deixou a casa em bicos de pés, fechou a porta e apagou a luz da sua vela para poupar dinheiro.
— É bonita — admitiu. — Elegante e de estatura alta. Este alemão é alguém que tira sempre o melhor da travessa. Estou farto dele. Vem ter comigo à cozinha, conta-me centenas de patetices, rouba-me tempo. Mas ela ama-o, ela meteu-o na cabeça. Sim, assim são as raparigas de hoje, não querem saber dos nossos, mas andam atrás dos estrangeiros, são umas desavergonhadas, são completamente depravadas. Em frente às pessoas mostram-se religiosas e pudicas, mas no coração têm as sete abominações.

9

Na noite em que Behaim regressou, a taberna do Cordeiro não estava iluminada por um simpático lume de lareira, mas sim pela escassa luz dos dois candeeiros a óleo que ardiam e se encontravam presos ao tecto escurecido pelo fumo, por entre enchidos e molhos de cebolas. Behaim reconheceu, quando olhou à sua volta, o homem calvo com bigode, que se tinha chamado de mestre dos noviços da taberna, e também alguns dos jovens pintores e artesãos, na companhia dos quais se tinha embriagado na outra noite. Também o homem com o hábito de monge, conhecido por estudar matemática na universidade de Pavia, estava sentado a uma mesa com o giz na mão, mergulhado na observação das suas figuras geométricas. Behaim não avistou Mancino. Tinha pressa em falar com ele, e também desta vez se tinha ali dirigido apenas para falar com Mancino, se bem que tinha ficado com uma boa recordação do vinho que o taberneiro lhe tinha servido na outra noite. Agora que tinha decidido levar consigo Niccola, cujo nome não tinha conhecimento aquando da sua primeira visita, como sua amada para onde quer que fosse e decidido casar-se com ela, então não havia mais nada que o mantivesse em Milão, para além de dar um final feliz à sua situação com Boccetta e receber o pagamento dos dezassete ducados na mão. Mas, para o conseguir, precisava do auxílio de um homem que soubesse manusear uma moca e, em caso de necessidade, servir-se de um punhal.

O taberneiro, a quem perguntou por Mancino, torceu a boca, como se tivesse mordido algo rijo, e soltou uma gargalhada curta e amarga.

— O Mancino? — perguntou. — É ele que procura aqui hoje? E a sua alteza, o senhor duque, e a sua eminência, o cardeal da Ordem dos Bispos de Milão, espera encontrá-los na minha casa? Um ducado, senhor, é uma bonita quantidade de dinheiro e são precisos alguns dias para gastá-lo, a não ser que ande metido com uma dúzia de prostitutas que vivem às suas custas. Mas, tem razão, ele seria capaz disso, pois ele é um desses.

— Não lhe perguntei pelo senhor cardeal — disse o alemão irritado —, e também não quero saber quantas prostitutas ele obtém e como se diverte com elas. Perguntei-lhe pelo Mancino.

— Portanto não sabe? — admirou-se o taberneiro. — Pois, sim, é estrangeiro, isso explica tudo. Deixe então que lhe diga: tem de procurar o Mancino, quando o dinheiro tilinta na sua bolsa, em todas as outras tabernas ou tascas desta cidade e encontrá-lo-á numa delas, no Grou, no Sino, na Lançadeira ou na Amoreira. Só se deixará ver novamente na minha quando não tiver mais nenhuma moeda de três cobres... Então nessa altura ele virá aqui, disso pode ter a certeza. "Taberneiro", poderá então ouvi-lo. "Não me queres pagar as despesas? Sê um Cristo, taberneiro, pensa na tua bem-aventurança!" É assim que ele é e é assim que são todos os que aqui vê, quer sejam pintores ou mestres canteiros ou mestres de órgão ou poetas, se conhecer um deles, conhece-los a todos e aquele ali, aquele com o hábito de monge, também não é diferente, desde há semanas que não tira sequer meio quatrino da sua bolsa, senta-se aqui, gasta o meu giz e arruína-me o tampo da mesa com os seus gatafunhos... Sim, é de si que estou a falar, reverendíssimo irmão, esclareço nomeadamente ao senhor, que me perguntou sobre si, o quanto percebe dos seus livros e de erudição... Sim, assim são todos, e eu, senhor? Se tiver de me repreender por algum motivo, então é pela minha bondade demasiado grande. Sabe, senhor, sou do tipo pacato e tenho muita paciência, mas não lhes darei o papel de imbecil por muito mais tempo, não por muito mais tempo, senhor, isso posso garantir-lhe.

— Quer então o senhor dizer que ele arranjou dinheiro? — interrompeu Behaim as queixas do taberneiro.

— Todos aqui na taberna o sabem — informou o taberneiro. — Foi visto ontem no Sino a trocar um ducado, contaram-me isso de todos os lados. Um ducado, senhor! O Mancino! Quer dizer que o recebeu do *messer* Bellincioli, que também é poeta, mas um grande senhor, ao serviço da sua excelência, o senhor duque. Por alguns versos, diz-se, que o *messer* Bellincioli lhe encomendou para o trabalho do ducado. Mas acredita nisso? Um ducado por alguns versos? Por uma punhalada que deu a alguém por alguma ordem que tenha recebido, isso é mais credível, pois nisso ele é um mestre. Agora por versos? Dá-me vontade de rir às gargalhadas. Se fosse mesmo assim, que se recebesse versos por uns bons ducados bem pesados, então eu também preferiria fazer versos e poemas, em vez de aqui estar e servir a todos os loucos e palermas o meu bom vinho de Friul. Sim, senhor, era isso que faria. E, agora, qual a preferência do senhor? Quer um jarro do meu vinho santo de Castiglione, elogiado por todos os que o provaram?

E agora que Behaim tinha à sua frente o copo de estanho e o jarro de vinho, deixando o vinho santo escorregar-lhe pela garganta e saboreando essa dádiva gole a gole, o cansaço apoderou-se dele juntamente com o prazer e, com a cabeça apoiada na mão, pensava em Mancino e, ao mesmo tempo que saboreava o vinho, reflectindo em quantos dias o esfaqueador e poeta de taberna gastaria os seus ducados em bebida, as conversas dos artesãos e dos artistas, que se encontravam sentados nas mesas à sua volta, começaram a penetrar no seu ouvido de forma incoerente e bastante confusa:

— São os tempos que correm! Pela honra de Deus e da sua santa mãe nos dias de hoje ninguém quer deixar escapar sequer um quatrino.

— Na realidade, para começar precisaria de uma determinada quantidade de tinta azul, disse-lhe então...

— Ele não sabe fazer muito. Flores, ervas e pequenos animais é o que melhor sabe fazer. Mas, como tolo que é, meteu na cabeça...

— Devia ter obedecido ao meu pai e ter-me tornado num cozinheiro, pois uma refeição bem preparada...

— Quando a encontro fico parado, mesmo quando tenho pressa, e sigo-a com o olhar, não consigo fazer outra coisa.

— Reverendíssimo irmão, eu não sou um aprendiz de Deus. Por outro lado, o senhor não entende nada da arte de pintar e por isso não pode dizer...

— Ele pretende relatar em quadros grandes a vida do seu santo padroeiro, pois, disse ele, como burro que é, também tem de se andar atrás da honra.

— Para poder finalmente começar, disse-lhe: vai e compra uma onça de verniz dos melhores que se arranjam em Milão.

— A matemática transcende e consegue ver através da vida humana e enquanto estudioso de matemática sei que...

— Pois das artes, disse-me o meu pai, não te conseguirás vestir nem alimentar.

— Enquanto estudioso de matemática não pode saber como é difícil pintar um revirar de olhos ou um olhar iluminado.

— Isso que tu dizes é presunção. A música merece todo o respeito, mas não a podes chamar de irmã da pintura.

— E se aqui não houver verniz da melhor qualidade, então — disse-lhe — traz-me de volta o meio carlino!

— Hoje também a encontrei e segui-a com o olhar durante bastante tempo, mas de que me serve isso?

— Imbecil como ele é, agora considera-se a glória e a celebridade da arte italiana e, para sua infelicidade, não se deixa dissuadir.

— Falar com ela? Se fosse assim tão fácil! E, para além do mais, olha bem para mim! Como eu sou, careca e gordo, diz tu mesmo, não daria um triste amado? E prefiro nem falar da minha idade.

— Pois não morre como a música, que praticamente acabou de nascer, não, a pintura continua a consistir em glória e magnificência...

— Sim, desde a infância que não queria ser outra coisa senão pintor...

— Todos os dias a encontro, a maioria das vezes em frente à igreja, onde ela ouve a missa.

— ... e não é como uma ténue recordação, continua viva.

— ... e, infelizmente, tornei-me num.

— Viva? Isso é para rir. O que vejo é uma quantidade espessa de tinta aplicada e algum verniz.

— Ali está o Mancino. Chegou em boa hora. Uma vez que insistes no teu engano, teimoso como um búfalo, então ele poderá decidir entre nós os dois. Não é organista, nem pintor, mas quando proclama os seus versos está tão próximo da música como da arte da pintura. Eh, Mancino!

Assim que ouviu chamar o nome do homem pelo qual tinha esperado com bastante impaciência, Behaim acordou sobressaltado da sonolência que se tinha apoderado dele, mais pelas conversas confusas e cansativas das pessoas que se encontravam à sua volta do que pelo vinho que tinha bebido. Olhou à sua volta. Mancino encontrava-se junto à porta da entrada baloiçando como se estivesse ligeiramente embriagado e acenava com o seu barrete para os dois homens que o tinham chamado para a sua mesa. Behaim levantou-se. E agora que Mancino atravessava a sala com uma elegância descuidada e parava ora aqui, ora ali para trocar uma palavra com este ou aquele seu companheiro, Behaim meteu-se no seu caminho com um cumprimento cavalheiresco e quase respeitoso.

— Desejo-lhe uma boa noite, senhor — começou. — Estava à sua espera e, se não importuná-lo, gostaria de trocar algumas palavras consigo.

Mancino olhou para ele com um ar aborrecido. Não era possível perceber se via nele um rival favorecido pela sorte ou apenas um importunador que o queria maçar com as suas bagatelas.

— Então diga-me, senhor, o que tem a dizer! — decidiu-se após reflectir por um breve momento, e fez um sinal a ambos os jovens que o tinham designado para árbitro da sua discussão, sobre se deveria ser concedido maior mérito à arte da música ou da pintura, pedindo que tivessem paciência.

— Primeiro que tudo — esclareceu Behaim —, queria pedir--lhe para vir até à minha mesa e, caso ainda não tenha jantado, para ser meu convidado.

— Ai de mim! — exclamou Mancino. — Nasci em má hora. Chegou demasiado tarde com a honra que tinha pensado para mim, senhor, pois há uma hora enchi demasiado o estômago com pão e queijo. E para que tal pudesse acontecer, vê-se que me encontro na desgraça de Deus. Mas deveria isso surpreender-me? A mim, que levo uma vida carregada de pecados?

— Isso — disse Behaim, e não pensava na desgraça de Deus e no peso dos pecados, mas sim no queijo — não o deverá impossibilitar de esvaziar comigo um ou dois jarros de vinho santo que o taberneiro aqui serve.

— O senhor — afirmou Mancino no instante em que sentava à mesa de Behaim — encontrou a palavra certa, que seria também capaz de acabar com a infelicidade de alguém que estivesse totalmente desesperado e até mesmo condenado ao mais profundo dos infernos. Eh, taberneiro! Despache-se, venha cá e oiça a vontade do senhor! No entanto — virou-se para Behaim —, certamente que não esperou aqui por mim apenas para me deixar provar o vinho santo.

— A mim — esclareceu Behaim —, foi-me indicado e elogiado o seu nome como um homem a quem se pode dirigir em situações complicadas com esperança e confiança. À sua saúde, senhor!

— E à sua! — respondeu-lhe Mancino. — Sim, alguns têm essa opinião sobre mim, outros, por outro lado, acreditam que está na altura de me afastar dos negócios e passá-los a outro, pois com a minha idade, dizem, não sou muito mais do que um lume brando que uma rajada de vento pode extinguir. Mas seja como for... Estou ao seu dispor.

— É curioso — disse Behaim pensativo. — Agora que me encontro sentado à sua frente quer-me parecer, sim, tenho praticamente a certeza, que o encontrei há anos. A sua cara, nomeadamente, não é uma que se esqueça facilmente. Estava eu então sentado em frente à minha pensão a beber vinho, em qualquer lado na Borgonha ou na Provença, num dia de Verão, e vi um grupo a subir a rua, dois piqueiros à direita e dois à esquerda, que levavam alguém que se encontrava entre eles para a forca e era aí que estava o senhor. Mas não se mostrava como um jovem malfeitor, pelo contrário, caminhava de forma altiva, de cabeça erguida como se tivesse sido convidado para a mesa do duque.

— Nos meus sonhos — disse Mancino calmamente — vejo-me com frequência por baixo da forca e um padre-cura gordo dá-me o seu crucifixo dourado para beijar. No entanto, o senhor não veio certamente aqui para me ouvir falar dos meus sonhos. Faça então o favor de me dar a conhecer os seus desejos.

— Não será — afirmou Behaim — nada complicado para um homem habilidoso, inteligente e experiente como o senhor satisfazer-me.

— Pode ser algo complicado ou também perigoso — esclareceu Mancino — e pode também — o seu tom de voz diminuiu transformando-se num sussurro — ir contra as leis do ducado, nada disso me assusta, depende apenas do grau da sua generosidade, pois, como o senhor sabe, não fui abençoado com os bens mortais. Eu teria certamente nos próximos dias de fazer todo o tipo de trabalho que espera por mim, o meu tempo é escasso, mas se nos entendermos, o senhor sabe e até está escrito nos Evangelhos: há que estar preparado para deixar o seu barco e as suas redes em prol da caridade.

— Então vamos directos ao assunto! — Behaim falou num tom de voz mais baixo. — Fizeram-me saber que aqui o seu punhal — olhou para a arma que Mancino usava no cinto — é um grande milagreiro, que por diversas vezes levou à razão um teimoso que não se queria deixar convencer.

— Sim, lá isso é — confirmou Mancino e a sua mão deslizou carinhosamente pela bainha de couro do seu punhal. — Nesta arte já poderia ter sido promovido a doutor ou a mestre.

— Então — afirmou Behaim — não tenho mais nada a fazer do que procurar alguns monges que estejam disponíveis para dizer uma oração pela salvação da sua alma.

— Pela salvação da sua alma? O senhor subestima-me — disse Mancino. — O senhor não quer esse indivíduo, que talvez seja também um teimoso, vivo. Existe certamente no meu ofício alguns cuja faca não conhece a medida certa. Eles golpeiam e matam como aselhas que são e daí não recebe mais do que chatices. Não, senhor, eu não sou um desses. O meu punhal é moderado.

— Quer então dizer — Behaim quis ouvir a confirmação — que até mesmo um pequeno recurso, um golpe no raio do seu focinho, levará esse canalha a...

— Sim, serei capaz de servi-lo com algo do género — esclareceu Mancino. — Ele receberá o que merece. Conte com isso, ficará satisfeito.

— Muito bem — disse Behaim. — Aja com ele como achar que é correcto. A mim certamente ser-me-ia preferível se pudesse ver o Boccetta pendurado com a língua dez dedos de comprimento fora da boca.

Ficaram em silêncio por instantes. Mancino levantou a cabeça e olhou para Behaim. Pousou novamente na mesa o copo de estanho que tinha levado à boca sem ter bebido.

— Quando lhe der então o que ele merece — Behaim voltou a falar —, não seja demasiado meticuloso. Tenha em conta o que este Boccetta me fez a mim e a muitos outros. Fira-o com todo o cuidado, para que de futuro tenha um motivo para se lembrar de mim de vez em quando.

Mancino olhava em frente atónito e mantinha-se em silêncio.

— Então já conhece os meus desejos — continuou Behaim — e creio que estamos de acordo no que diz respeito ao Boccetta. Até agora ainda não me comunicou as suas exigências. Eu sei que um trabalho deste género não se realiza por recompensa de Deus. Diga-me então quão elevados serão os custos.

Mancino permanecia no seu silêncio.

— Diga-me o seu preço — repetiu Behaim — e deixe-me saber que parte da soma requer em adiantado pelo seu esforço. O resto receberá quando me tiver deixado satisfeito. Fique a saber que sou um pagador assíduo e posso nomear-lhe pessoas honradas aqui na cidade que o confirmarão.

Mancino suspirou, abanou a cabeça, afastou o cabelo da testa e começou a falar.

— Tal como mencionei de início — esclareceu —, actualmente carece-me tempo para este tipo de negócios. Tenho de pensar nos meus, que me são importantes, pois não há ninguém que tome conta dos meus em vez dos seus.

A Behaim pareceu-lhe que Mancino pretendia apenas obter um pagamento mais elevado pelo seu trabalho, algo que não lhe agradou.

— Não fale muito e diga-me o seu preço! — pediu-lhe. — Deixe-se de rodeios que não levam a nada. Seja directo! É a melhor forma de lidar comigo.

— Veio em vão — disse Mancino angustiado. — Não posso servi-lo, senhor, pois uma coisa como esta, com as suas particularidades, tem de ser preparada com cuidado e para essa preparação falta-me tempo. A minha mão também já não é tão segura como antigamente e poderia facilmente acontecer que criasse dificuldades ao senhor e a mim próprio.

— Que o senhor me perceba bem — Behaim tentou persuadi-lo. — Receberá imediatamente uma parte do seu pagamento, colocá-la-ei aqui em cima da mesa para si assim que estejamos de acordo.

Mancino fez um movimento de rejeição com a mão.

— Eu percebo-o muito bem, mas parece que o senhor não me percebe a mim — disse. — Não posso servi-lo, mencionei-lhe os meus motivos. Também tem de pensar que este Boccetta é um homem idoso. Trar-me-ia pouca fama meter-me com ele.

— Sim, então tem a intenção de com isso ganhar fama? — exaltou-se Behaim. — Não está atrás do dinheiro que se pode ganhar neste caso e ainda por cima tão facilmente?

— Por dinheiro poderá outro dar-se ao trabalho — decidiu-se Mancino. — Para mim não se trata desse dinheiro. Portanto não fale mais do assunto, pois seria em vão. E agora queira desculpar-me...

— Mas que diabo se passou consigo? — exclamou Behaim perplexo. — Há alguns minutos falou de forma bastante sensata e agora quer deixar-me em apuros? O senhor sabe como isto é importante para mim. O que deverei então fazer para chegar aos meus ducados que este canalha detém ilegitimamente!

— Se deseja o meu conselho — afirmou Mancino levantando-se —, então digo-lhe: não tenha pressa, espere com calma, deixe a coisa andar e não apresse nada. Hoje é um dia, amanhã outro. Perdeu hoje dinheiro com o Boccetta? Então amanhã recuperá-lo-á com outro.

— Raios! — gritou Behaim zangado. — Mas que discurso absurdo vem a ser esse! Pare com esse disparate. Ainda agora me disse que ele deveria receber o que merece e que eu podia contar com isso. E agora que chegou a altura de passar à acção e de utilizar o seu punhal numa boa acção... Agora treme-lhe o coração?

— Sim, é capaz de ser isso — disse Mancino. — É assim que sou.

— É um cobarde e um gabarola! — repreendeu-o. — É um impostor, um verdadeiro francês, a quem a camisa não cobre o traseiro. Um cabeça-de-vento, um fanfarrão.

— Bem, pode chamar-me isso, se lhe der prazer — respondeu Mancino. — E agora que já disse tudo o que o tinha a dizer, então vá com Deus! Sim, senhor, o melhor que pode fazer é desaparecer daqui o mais rápido possível, pois não poderei responder por mim por muito mais tempo.

Colocou a mão esquerda no punho do seu punhal, a sua mão direita apontava para a porta com um gesto autoritário. Entretanto nas mesas vizinhas tinham-se apercebido que ali se tinha originado uma discussão e o escultor de madeira Simoni levantou-se para a apaziguar.

— Eh! Vocês aí! — exclamou. — Qual de ambos quer aqui provocar distúrbios e arranjar confusão?

— O alemão voltou a embriagar-se? — quis saber um dos mestres canteiros.

Mancino acenou com a mão, como se toda esta situação não merecesse nenhuma atenção.

— Cada um tem o seu diabo que o atormenta — esclareceu a todos — e o dele meteu-lhe na cabeça que tem de fazer do Boccetta um homem de honra.

— Mas que honra! — gritou Behaim enraivecido. — Quem fala de honra? Quero reaver os meus dezassete ducados!

À volta dele começaram a rir-se às gargalhadas e a abanar a cabeça, e aquele que mais parecia divertir-se era o pintor d'Oggiono.

— Portanto trata-se dos dezassete ducados? — perguntou. — E a nossa aposta? Ainda é válida? Apostou dois ducados dos seus contra um dos meus.

— Sim, é válida — disse Behaim mal-humorado.

— Então — exclamou o pintor — tenho os dois ducados praticamente na minha bolsa. Vocês alemães são conhecidos por cumprir a vossa palavra.

— Sim, cumprimos a nossa palavra – disse Behaim num tom de voz alto e severo, para que Mancino também o pudesse ouvir, pois este já tinha ido sentar-se à mesa do mestre de órgão Martegli e iniciado uma conversa com ele, como se já não tivesse nada a ver com o assunto. — Alegrem-se — continuou —, mas não demasiado cedo! Não sei qual o rumo que a coisa vai tomar para o corpo e a vida do Boccetta, mas sei que vou receber os meus dezassete ducados, eu conheço-me. E será o senhor que terá de me pagar.

— Dezassete ducados do Boccetta! — suspirou o irmão Luca, sem desviar o olhar do tampo da mesa, no qual tinha formulado um teorema de álgebra e o tinha demonstrado. — Como imagina tal coisa? Se o Boccetta pudesse salvar o pai dele do purgatório com meio escudo ele não o entregaria.

— O que não percebo — interrogou o mestre canteiro — é que o senhor, nos tempos que correm, em que a cristandade é devastada pela peste e ameaçada pela guerra, consiga pensar nesse tipo de farsa.

— Chama de farsa o facto de querer reaver o meu dinheiro? — exclamou Behaim indignado. — Acha então que tenho ducados só por ter?

— Aceite um bom conselho meu — disse Alfonso Sebastiani, um jovem aristocrata, que tinha deixado a sua casa senhorial em Romagna, para se tornar aluno de *messer* Leonardo na arte da pintura. — Vá cedo para a cama, coma alimentos leves, durma bastante, tanto quanto conseguir. Pode ser que talvez volte a ver alguma vez o seu dinheiro nos seus sonhos.

— Poupe-me o seu palavreado, senhor, que me aborrece — repreendeu-o Behaim. — Vou receber o meu dinheiro, nem que para isso tenha de partir cada osso do corpo do Boccetta um a um.

— E o que será — virou-se agora para ele o pintor d'Oggiono cheio de curiosidade e com um pouco de sarcasmo — que a sua amada dirá quando o tratar assim?

— A minha amada? O que sabe o senhor da minha amada? — perguntou Behaim. — Não lhe contei quem é a minha amada aqui em Milão. De quem fala?

— Dessa Niccola, que pelos vistos é mesmo a sua amada — deu d'Oggiono como resposta. — Não se vê o senhor esperar por ela todos os dias na taberna no caminho para Monza? E ela caminha tão rapidamente como uma corça até si no único bom vestido que tem.

Behaim levantou-se de um pulo e olhou enraivecido à sua volta, como se estivesse cercado de inimigos mortais.

— Senhor, como se atreve a meter-se nos meus assuntos? — repreendeu revoltado d'Oggiono. — O que lhe interessa se é a minha amada? E, mesmo que o seja... Ela receberá tantos vestidos bons quanto precisar, deixe que isso seja problema meu. E, irra, diabos me levem, que tem isso a ver com o Boccetta?

Agora foi a vez de d'Oggiono ficar surpreendido e admirado.

— O que pergunta? — exclamou. — Não sabe ou está apenas a fingir, como se não soubesse que ela é a filha do Boccetta?

— Oh! — gemeu o escultor de madeira Simoni dominado pela dor da inveja. — A filhinha do prestamista, Niccola... É ele o amado dela? É com ele que ela...? Ela pertence a este alemão?

Behaim olhava para eles como um javali cercado por cães.

— O que dizem? Enlouqueceram os dois? — gritou, mas ele sabia, neste momento, ele sabia com toda a certeza de que eles falavam a verdade e sentiu-se como se tivesse levado uma facada no coração.

10

Vagueou sem destino até à manhã cinzenta, agitado pela dúvida e dor provocada pela raiva, vítima dos seus pensamentos desordenados, e as estreitas e escuras ruelas levaram-no à toa pela cidade, até alcançar a muralha em torno da mesma, passando pelo canal Naviglio, com a cruz de Santo Eustáquio, onde começavam as sebes e os muros dos jardins, e pelo portão do novo asilo de cujas janelas saía o cheiro de pão fresco, cozido durante toda a noite às custas do Mouro, fazendo todo o caminho de regresso até chegar, por fim, ao mercado de peixe, passando pelas barracas de câmbio monetário a caminho da casa consistorial, e, finalmente, à praça da catedral. Cansado de morte, atirou-se para os degraus, que levavam ao portal da catedral, mas incapaz de conceder a si próprio algum descanso, levantou-se após alguns instantes e retomou a sua desolada caminhada.

Recebi ali uma má notícia, disse a si mesmo enquanto caminhava. Na realidade, a pior que alguém poderia imaginar, nem o próprio São Jó recebeu alguma pior do que esta. Uma maldade destas! Uma perfídia destas! Fui atraiçoado! Ela tem um olhar tão sincero, faz como se se tivesse entregado a mim, sorri-me, fala de tudo e de todos, mas guarda para si que é filha deste canalha miserável. Mas que canalha! E que infelicidade tê-la encontrado! "A filhinha do prestamista", foi assim que lhe chamou o careca na taberna, aquele com barbicha, disse-o de uma forma bonita, assim não soa mal. Mas a filha do Boccetta? Isso soa totalmente diferente, é como uma estalada na cara. Eu, louco, eu! Pelo que me deixei levar? Em que tentação caí? Em que emboscada caí? Porque me deixei arrebatar por este falso amor? Para onde me levará? Lucardesi, ela disse-me que a sua mãe era da casa Lucardesi. Sim, a sua mãe! Mas o seu pai é o Boccetta e isso ela ocultou-me, oh, que ele vá para o Inferno e que ela vá com ele!

Ficou parado e pressionou a mão contra o seu coração palpitante. Na sua alma perturbada, o que tinha sido um pensamento raivoso, tinha-se tornado em realidade. A ideia de vê-la a cambalear a caminho do inferno e, envolta em línguas de fogo, a desaparecer nas brasas, assustou-o. Presumiu que ouviria do fundo do abismo o seu queixume, o seu gemido e com uma dor invencível concluiu que ainda a amava.

— Esta voz! — gemeu continuando a andar. — Como penetra no meu coração! Se eu pudesse afastar esta voz para sempre do meu ouvido! Mas se cem vozes me tentassem persuadir e escutasse esta voz... Ouviria apenas a ela. Oh Deus, Deus misericordioso, deixa-me esquecer a voz dela, deixa-me esquecer tudo o que me leva a ela, tudo o que me cativa nela, leva de mim as recordações da sua voz, do seu jeito de andar, do seu olhar, do seu abraço, do seu sorriso... Oh, Deus, Deus misericordioso, deixa-me esquecer que ela sabe sorrir como apenas um anjo sorri, tu sabes, ela é a filha do Boccetta, salva-me, Deus, acode-me, Deus, deixa-me esquecê-la para sempre ou liberta-me da minha vida, isso seria melhor para mim!

E agora que tinha falado com Deus e pedido o seu auxílio com tanta insistência, o seu coração tornou-se um pouco mais leve e fez um esforço para ver o que lhe tinha acontecido numa outra perspectiva.

— O que aconteceu? — animou-se. — Uma pequena desgraça que pode suceder a qualquer um e sobre a qual não há muito a dizer, não foi mais do que isso. Estava um pouco apaixonado, deixei que esta jovem criatura me desse a volta à cabeça, isso é mau, é verdade, mas foi o que me aconteceu, e quando acontece, acontece. E agora que, graças a Deus, descobri a tempo quem ela é e de onde vem... Agora é passado, tem de ser passado. Sim, na realidade, iria contra toda a razão se continuasse apaixonado pela filha do Boccetta, isso seria para rir. Amor? Será que se pode chamar amor? Não, isto não é mais do que um desejo insensato e indesejável que me apanhou e, na realidade, estou no bom caminho para superá-lo.

Mas o consolo, do qual se tinha tentado convencer através destas palavras, não durou muito tempo. Passou-lhe pela cabeça uma palavra apaixonada que Niccola lhe tinha sussurrado ao ouvido e imediatamente surgiu-lhe a imagem dela em frente aos olhos, viu como se encontrava deitada no seu quarto com toda a sua beleza e aninhada a ele, pronta e decidida a entregar-se. Na sua recordação surgiu subitamente o momento inesquecível, no qual reconheceu que todas as maravilhas do mundo eram apenas futilidades, quando comparadas à felicidade que ele desfrutava nos seus braços, mas, em vez da felicidade e do encanto de cada momento, sentiu apenas dor, vergonha, tristeza e desespero, como se uma inundação irrompesse sobre ele.

— Isso não é verdade! — gritou. — Tudo mentira! Porque me engano? Como poderei superá-lo? É demasiado difícil. Como poderei esquecê-la? Ela estará sempre presente. Aqui vê-se a que ponto cheguei, não é possível ser-se mais infeliz, oh, como me menosprezo! A filha do Boccetta e eu sei que ela o é e não me consigo afastar dela, não sou capaz de orientar os meus pensamentos para uma outra direcção, para o negócio, os mercados, a subida de preços, as mercadorias que esperam por mim no armazém em Veneza. Porque loucura estou possuído, que tenho sempre de pensar em voltar a tê-la nos meus braços e a dormir no seu peito? O que diz a minha honra, o que diz o meu orgulho a isso? Será possível viver em tal suplício de amar quem não se deve amar? Poderia eu saber que ela veio ao mundo para causar estragos? Para me trazer infelicidade e infâmia? Deus castiga-me, teria preferido tornar minha amada a filha de um lavrador sem asseio! Maldita a hora em que a encontrei! O que tinha eu a fazer na rua de Santiago? O Mancino, que estava no mercado e cantava, é o culpado de a ter perseguido. Vi uma rapariga, achei-a bonita, pareceu-me ser bastante encantadora, ela sorriu-me. Perdi-a de vista, talvez tenha sido obra do meu anjo da guarda. E eu, eu, louco, pus na minha cabeça que tinha de a reencontrar, procurei-a por todo o lado, não desisti, encontrei-a, ela tornou-se minha e depois o que me aconteceu, por onde deverei agora começar, eu não posso estar apaixonado pela filha do Boccetta. Será possível aguentar uma desgraça destas? O próprio diabo, se souber o que me sucedeu, deve ter pena de mim.

Colocou a mão na testa e sentiu o suor frio que lhe saía dos poros. Um arrepio atravessou-o.

— Estou doente — gemeu. — Estou moribundo, a geada faz-me tremer, o que procuro nas ruas, devia estar em casa no meu quarto. Um jarro de vinho quente com algum rosmaninho, isso é que me fazia bem. Tenho febre e isso enfraquece-me e confunde-me os pensamentos. Talvez seja apenas um sonho febril. Não é verdade, não é a realidade, estou apenas a sonhar e ela não é a filha... Não, que má sorte a minha, não estou a sonhar, estou acordado, eu sei, aconteceu-me, e ando perdido pelas ruas... Devia estar em casa!

Já era quase de manhã quando chegou ao seu alojamento e subiu para o seu quarto. Atirou-se para cima da cama e ficou deitado, perseguido e atormentado pelos seus pensamentos obsessivos até ser envolvido por um sono intranquilo.

Já o dia ia longo quando acordou. Por momentos ficou deitado abraçado pela sonolência e não foi capaz de conceber ou reter um pensamento. Sabia que tinha sido afectado por uma desgraça, que lhe tinha acontecido um infortúnio, mas de que tipo, quanto a isso não conseguia chegar a nenhuma conclusão. Sentia-se miserável, pois estava prestes a acontecer algo que ele receava. E depois regressou a recordação da noite anterior e a voz de d'Oggiono soou-lhe ao ouvido: "Não sabe que ela é a filha do Boccetta?"

Essa recordação, que lhe tinha ocorrido, assaltou-o como um susto aterrador, mas no instante seguinte surgiu-lhe um novo pensamento, que se apoderou dele e o deixou ver o que tanto o deprimia com outros olhos.

— É assim tão seguro que eles falassem a verdade? — questionou-se. — Não terão antes estes dois no Cordeiro, este d'Oggiono e o outro, engendrado uma piada de mau gosto para me fazer passar por parvo? Uma mentira requintada, prepararam-me uma invenção ousada, e eu fui tolo o suficiente para a tomar como verdade.

Saltou da cama e, agora totalmente desperto e surpreendido por esta ideia, começou a andar de um lado para o outro no seu quarto.

— Não, não é verdade, não, não pode ser verdade — continuou nos seus pensamentos. — Enganaram-me com uma mentira requintada. Fizeram-no por orgulho, por pirraça, não, por maldade. Pregaram-me uma verdadeira partida. Eles vão-mas pagar, tenho de me vingar. Niccola... A filha do Boccetta! Mas que tolice! Ela é de um tipo completamente diferente, uma alma pura, não se importa com dinheiro, não é afeiçoada a posses, não queria receber de mim o mais pequeno presente, não devia oferecer-lhe sequer um cinto ou uma das pequenas bolsas bordadas, com as quais as mulheres em Milão gastam as suas pequenas moedas de prata. A filha do Boccetta! E eu tinha de acreditar nisso!

Parou e respirou fundo. E uma vez que o seu coração estava agora mais leve e a sua excitação acalmava, sentiu necessidade de falar com outras pessoas, para além de si mesmo, e ouvir a opinião dos outros sobre a travessura desagradável que tinha sido preparada para si.

O seu hospedeiro, o comerciante de velas, não estava sozinho. Com ele na cozinha, na qual cheirava a toucinho frito, encontrava-se o sapateiro remendão da vizinhança, um homem velho, com rugas e uma pequena barbicha. Tinha arranjado as solas gastas dos sapatos de domingo do comerciante de velas e tinha agora chegado a acordo, após uma longa conversa e de muito regatear com ele, sobre o pagamento que deveria receber e o comerciante de velas, muito contrariado e com protestos, tinha contado seis quatrini em cima da mesa da cozinha.

— Um feliz dia, que Deus vos ofereça algo bom! — cumprimentou Behaim, assim que entrou na cozinha. — Venho em má hora? Senão tenho algumas coisas curiosas que me aconteceram para vos relatar.

— Este senhor — explicou o comerciante de velas ao sapateiro remendão — está hospedado em minha casa e dirige-se frequentemente a mim para pedir conselhos, pois o que faria sem mim, é um estrangeiro e qualquer um na cidade está pronto para o enganar.

— Sou um homem honrado, as pessoas conhecem-me, não engano ninguém — assegurou o sapateiro remendão colocando a mão no seu coração e dirigindo-se a Behaim. — Se tiver sapatos para remendar, um estrangeiro não terá de me pagar mais do que é costume.

— Por Deus, o senhor não sabe quão verdade é o que acabou de dizer — esclareceu Behaim ao comerciante de velas, sem dar atenção ao sapateiro remendão. — Na realidade tentaram enganar-me. Há dois indivíduos que anunciaram e querem fazer-me acreditar que a minha amada, da qual lhe contei, é a filha do Boccetta.

— Do Boccetta? — exclamou o comerciante de velas com todos os sinais de grande admiração. — A sério? Deverá acreditar-se nisso?

E, após reflectir por um momento, perguntou:

— E quem é esse Boccetta?

— Como? Não conhece o Boccetta? — admirou-se Behaim. — Pensei que todos o conhecessem, pois ele enganou o mundo inteiro. Contei-lhe sobre ele com todos os pormenores, é o homem que se recusa a pagar-me os dezassete ducados que me deve há anos. É o pior de todos os patifes desta cidade. Um homem sem vergonha e sem honra.

— Ela pode ser a filha deste ou daquele — afirmou o comerciante de velas —, mas é um bom pedaço e quem a tem está servido para a noite. Ela é como deve ser, não demasiado forte, não demasiado fraca. Apenas não me agrada que ande atrás dos estrangeiros. É demasiado boa para alguém que não nos pertence.

— Então viu-a? — informou-se Behaim.

— Ela passou-me uma ou duas vezes pelo caminho quando deixou o seu quarto para se raspar — disse o comerciante de velas.

— Não lhe prometi, e dei a minha palavra — repreendeu-o Behaim —, que lhe daria cabo da corcunda se se deixasse ver uma única vez enquanto ela estivesse cá em casa?

— Ele está a brincar — esclareceu o comerciante de velas ao sapateiro remendão. — Ele e as suas brincadeiras. Tem de saber que eu e ele somos grandes amigos. Então diz que ela é — virou-se novamente para Behaim — a filha desse patife gatuno?

— Isso é o que diz o d'Oggiono, um desses pintores que encontrei no Cordeiro — explicou-lhe Behaim. — Mas eu não acredito nele, pois ele é um intriguista, um mentiroso.

— Já lhe tinha dito que só teria chatices com essa gente — lembrou-lhe o comerciante de velas. — Não pode dizer que não o avisei. Mas ouviu-me? Não, não deixa que lhe digam nada, tinha de ir sentar-se no Cordeiro e deixar lá o seu dinheiro e pelos vistos ainda lhe serviram mentiras. Devia ter ficado em casa e deixar que as suas refeições fossem preparadas por mim, pois sou conhecido no bairro inteiro pela minha boa cozinha.

E para confirmar a verdade desta afirmação tirou uma frigideira do fogão e desafiou tanto Behaim como o sapateiro remendão a provar o toucinho com lentilhas que tinha preparado para o seu almoço.

— Não, não lhe deve chamar mentiroso, ao d'Oggiono não — disse o sapateiro remendão, depois de ter provado o toucinho com lentinhas, afastou a colher e passou a língua pelos lábios. — Está enganado, senhor. O d'Oggiono leva a verdade bastante a sério.

Depois deixou o comerciante de velas saber a sua opinião sobre a forma correcta de preparar toucinho com lentilhas:

— Eu, na minha casa, ponho menos vinagre e uma ou duas finas fatias de maçã e algum tomilho. Isso melhora o sabor.

— Cada um faz como sabe — esclareceu o comerciante de velas num tom de voz agudo, irritado pelas fatias de maçã e pelo tomilho.

— Refere-se ao pintor d'Oggiono? — perguntou Behaim ao sapateiro remendão. — Conhece-o?

— Sim, conheço-o, o d'Oggiono que pintou a Nossa Senhora nas nuvens, que se encontra pendurada no deambulatório por baixo da grande janela — disse o sapateiro remendão. — Há anos que traz os seus sapatos à minha oficina. Ele tem dois pares de sapatos, uns de pele de ovelha e outros de cordovão, que usa nos dias de grandes festividades. E quando não tem dinheiro, diz-me: mestre Matteo, o senhor tem de ter paciência comigo, hoje não lhe posso pagar, aponte que lhe devo oito quatrini... Ou nove ou dez, o que tenho na realidade a cobrar-lhe... Aponte, diz ele, eu venho na sexta-feira e trago-lhe o dinheiro. E quando ele o diz é como se tivesse feito um juramento sobre a bíblia: aparece na sexta-feira e traz o dinheiro. Não é mentiroso, o d'Oggiono. Pode confiar nele, digo-lhe eu, ele leva a verdade a sério.

— Então nesse caso — afirmou Behaim melancólico e angustiado — esta rapariga, a Niccola, seria afinal de contas filha do Boccetta?

— Isso não sei e também não me cabe a mim sabê-lo — disse o comerciante de velas mal-humorado. — Ela é sua amada e não minha, não se esqueça disso! Disse-lhe várias vezes a opinião que se deve ter deste tipo de raparigas. Será que tenho de ouvir todo este palavreado sobre esta mulher e de quem ela é filha e sobre fatias de maçã e sapatos de cordovão à hora da refeição, quando todos estão sentados à mesa? Já recebeu o seu dinheiro, mestre Matteo, no meu caso não tem de apontar o que lhe tenho a pagar, eu paguei-lhe e vá com Deus, mestre Matteo, vá com Deus.

— Vá com Deus! — disse também Behaim e deixou a cozinha e a casa cheio de incertezas, se deveria ou não acreditar em d'Oggiono. — Mas se ele tiver dito a verdade – disse a si mesmo, quando chegava à rua —, se me tiver acontecido a desgraça de ter tomado como minha amada a filha deste canalha, nesse caso sei onde ela mora e não tenho outra coisa a fazer, senão vigiar a casa dele durante algum tempo e se a vir sair pela porta... Oh, Santo Deus, não deixes que isso aconteça! Deixa-me esperar em vão em frente à casa dele e perder tempo, deixa-me esperar em vão, Santo Deus! Mas se a vir sair da casa dele, então não será necessário mais nenhuma prova, sei o que tenho a fazer. Mas será que o saberei na altura? Estarei seguro de mim na altura? Serei capaz de superar o meu desejo? Darei ouvidos à razão e farei e deixarei o que ela me aconselhar a fazer e a deixar? Ou será que não serei capaz de deixar de amar esta rapariga?

Pôs-se a caminho da casa de Boccetta com o coração apertado.

11

Com um verdadeiro mau humor — faltava-lhe a moeda de cobre para poder comprar uma fatia de pão de cevada como almoço —, extremamente mal-humorado Mancino atravessou o denso silvado e o matagal do jardim selvagem que se encontrava em frente à casa do Poço. Ficou parado por baixo da janela de Niccola. Ela devia estar em casa a fiar lã ou a remendar o seu vestido ou a fazer qualquer outro trabalho no seu quarto, pois as portadas da janela estavam abertas para deixar entrar a fraca luz deste dia enevoado e chuvoso.

Mancino não se tinha ali dirigido por causa de Niccola. Tinha algo para falar com Boccetta, mas tinha tempo, isso podia esperar. Ficou parado e perdeu-se a observar as fissuras e as rachas do muro da casa em decadência. Reparou que poderiam servir de apoio para os pés de alguém que o quisesse subir, primeiro um, depois o outro, e disse a si mesmo que não era impossível, sim, não poderia ser demasiado difícil subir até à janela de Niccola e alcançar o seu quarto, os seus braços. E ainda que as portadas da janela se encontrassem fechadas e trancadas de noite... Não resistiriam a uma pancada forte, pois a madeira estava podre e quebradiça.

Contudo, enquanto era apanhado pela evolução destes pensamentos, enfureceu-se e a vergonha apoderou-se dele, acompanhada de melancolia.

Olha para ti, quem tu és! Ralhou consigo mesmo. Ainda te consideras um jovem sábio? És um mandrião e esfomeado, louco e palerma. Um moço de estrebaria e, quando tem de ser, um esfaqueador, é isso que tu és e toda a tua vida acorrentado a esta pobreza lamentável. É isso que tu és e no Inverno defendes a tua vida, e quanto tempo faltará ainda até que te levem e digam choramingando *De terre vient, en terre tourne*? Ai Jesus, como foi que a minha juventude se separou de mim, como é que tal me aconteceu, quando foi isso? Não foi a pé, nem a cavalo que desapareceu mas, de repente, vi que tinha partido para sempre. E agora tu queres, tu, louco, subir até ao quarto de Niccola e mendigar-lhe um amor esfarrapado? Quem me dera poder dar-te um pontapé, mas um pontapé que tu caísses sentado sobre o teu traseiro, pois é isso que mereces. Não tinhas prometido a ti mesmo, quando ainda tinhas juízo, não te aproximares mais dela com o teu sentimento miserável, insípido e sensaborão, ao qual chamas amor? Mas aqui estás tu novamente, pois não queres ouvir a razão. Desgosto de amor? És ridículo, dói tanto como o aguilhão ao burro, que se usa para pô-lo a trabalhar. O que queres com a tua cara que não é uma cara, mas sim uma careta? Olhos encovados, olhar indiferente, faces enrugadas como uma luva de pele de carneiro velha, engelhada, deitada no lixo. É isso que és e queres o amor dela, mas sabes que ela não estima o teu e que se juntou a outro. Não sabes o que é orgulho, és pior e mais desprezível do que uma ratazana. Louco! Pateta! Desaparece daqui!

E depois de ter recuperado a sua postura deste modo, atravessou, sem deitar um olhar à janela de Niccola, o silvado do jardim dirigindo-se para a parte da frente da casa. Contudo não foi necessário bater à porta, uma vez que Boccetta se encontrava à sua pequena janela. Ouvia um frade mendicante que lhe tinha suplicado uma oferta religiosa pela honra da Santa Trindade e mostrava, tanto a ele, como a Mancino ou a quem passasse pela casa, a sua má cara.

— Indicaram-lhe — fez-se ouvir, enquanto abanava a cabeça desoladamente, como se tivesse pena que alguém tivesse pregado uma partida a este pobre monge —, certamente de propósito, a porta errada, pois nesta casa, toda a gente sabe, ninguém recebe esmola.

O frade tinha as suas experiências e sabia que quando fazia a primeira súplica apenas raramente lhe davam uma oferta. Às pessoas na cidade era preciso dizer duas ou três vezes que estão neste mundo apenas em casa alugada e que o tempo do purgatório apenas pode ser reduzido através de obras piedosas.

— Dê, senhor — disse a Boccetta —, pela misericórdia de Deus e pelo mérito do bendito santo que fundou a nossa ordem. O que der será utilizado para o seu bem. Pois Deus não perde de vista aqueles que lhe concedem uma honra através de caridade. A graça vem de Deus.

— Sim — disse Boccetta, e ao ver Mancino lhe deitou um olhar divertido. — Isso é sabido. Assim como as salsichas quentes vêm de Cremona.

— Uma pequena oferta — o frade continuou a sua ladainha imperturbável. — Algum dia servir-lhe-á de guia, quando o senhor chegar às encruzilhadas do outro mundo. Não é muito o que lhe peço. Um pouco de queijo, um ovo, um pouco de manteiga, pois, como se diz, esmolas e missas levam os pecados.

— O senhor surpreende-me, bom irmão — esclareceu-lhe Boccetta. — Manteiga, queijo, um ovo... Espera um verdadeiro banquete de mim. Não pensou que Deus, para além de toda a miséria que os pecadores sofrem, também lhes destinou a fome como legado? O senhor age contra a vontade de Deus ao aspirar privar-se dessa herança. Isso é cristão, pergunto-lhe, isso é justo?

— Isso que aí diz — admitiu o monge, confuso por esta acusação inesperada — é teologia académica e eu sou apenas um frade ignorante. Mas há uma coisa que sei, que fomos colocados neste mundo para nos ajudarmos uns aos outros nos momentos difíceis. Senão porque outro motivo estaremos na Terra?

— Para nos ajudarmos uns aos outros? — exclamou Boccetta e deixou escapar uma ruidosa gargalhada. — Mas que ideia! Não, bom irmão, não é da minha natureza ajudar o próximo, eu não sou assim e, para além do mais, isso está na maior parte das vezes associado a tarefas e despesas das quais não tiro nenhum proveito. Percebeu-me, bom irmão? Então vá-se embora e bata a outra porta!

Totalmente transtornado e pouco esperançado, o frade tentou uma última vez levar Boccetta a conceder uma oferta.

— Pense — aconselhou-o — que Deus criou as pessoas bem e para boas acções.

— Fez o quê? — exclamou Boccetta. — O que diz para aí? Bem e para boas acções? Pare, se não quiser que eu morra de riso. Bem e para boas acções! Isso é demasiado, chega, já me doem os maxilares, pare!

O frade apanhou a sua sacola do chão e atirou-a para cima do ombro.

— Passe bem, senhor! — disse. — Que Deus na sua graça o ilumine. Pois parece que o senhor precisa de luz.

Foi-se embora e, quando passou por Mancino, acenou com a cabeça de um modo familiar, parou e disse:

— Se também lhe vai pedir um favor, então que Deus lhe dê mais paciência e melhor sorte, falei com ele de corpo e alma, mas ele é alguém que não tira sequer um quatrino da sua bolsa pela fé, algo que parece impossível.

— Ele — informou-o Mancino — não deseja bem a ninguém no mundo, nem a si mesmo. O pão que come seria rejeitado por um porco.

— Eh, o senhor aí! — Boccetta chamou Mancino, enquanto o frade seguia o seu caminho abanando a cabeça. — Se vem para procurar chatices, então poupe-se o esforço que não o levará a nada. Pode repreender-me e insultar-me e caluniar-me por montes e vales, se isso lhe der prazer, é-me indiferente, não me importo.

— Vim para o avisar — disse Mancino. — Tenha cuidado, está em perigo, parece que haverá um assassínio ou homicídio. Este alemão anda atrás de si.

— Que alemão? — perguntou Boccetta num tom sereno e meditou por um momento. — Diabos me levem se sei do que fala.

— Não houve um — lembrou-lhe Mancino — que lhe exigiu alguns ducados e o senhor recusou-se a satisfazê-lo?

— É desse que fala? — disse Boccetta. — Agora recordo-me dele. Para mal dos seus pecados, meteu na cabeça a ideia de me pedir dez ou não sei quantos ducados. Veio e importunou-me, não sabia falar de nada mais para além desses ducados e custou-me livrar-me dele.

— Então tome precauções, para que não tenha um mau final para si — falou Mancino. — Este alemão toma-o como um insulto e uma infâmia, e devido à raiva e à fúria que o consumiram está determinado a fazer qualquer coisa.

Behaim transformou a sua boca torcida num sorriso de escárnio.

— Ele só tem de vir — afirmou calmamente. — Quero preparar-lhe desde já a recepção adequada. Para alguns trata-se de lã e regressam tosquiados.

— Eu sei — repreendeu-o Mancino — que pratica acções desagradáveis e que é experiente e que agarra com cem mãos dinheiro que passe por si, mesmo que não seja seu.

— O senhor lisonjeia-me — interrompeu-o Boccetta. — Faz demasiados discursos e elogios às modestas capacidades que Deus me concedeu.

— Mas este alemão — continuou Mancino — conhece os métodos da cidade, ele procura um homem e quando encontrar algum que se permita dizer-lhe a Benedicite com a faca ou o pequeno machado...

— Ele só tem de vir com a sua Beneditice! — esclareceu Boccetta. — Eu dar-lhe-ei o Dominus como resposta.

— Mas este alemão não está no direito dele? — perguntou Mancino. — O senhor não lhe deve mesmo o dinheiro que ele lhe exige?

Boccetta esfregou o queixo com barba e na sua cara formou-se uma expressão de admiração, como se esperasse tudo menos este reparo.

— No direito? O que quer dizer com isso? — contestou. — Ele pode estar no seu direito, mas o que importa isso, se não estou na disposição de fazer de bonzinho e desperdiçar um bom dinheiro com um imbecil!

Mancino olhou em silêncio para a cara por detrás da pequena janela.

— O senhor, que é da nobreza — disse então —, o senhor, que vem de uma casa tão grande e gloriosa, que deu à cidade de Florença mais do que alguma vez o próprio Gonfaloniere, o porta-estandarte da justiça, diga-me, porque vive esta vida sem vergonha e sem honra?

Pela primeira vez as feições de Boccetta revelaram algo como aborrecimento e impaciência.

— Sem honra, é o que diz? — deu como resposta. — O que sabe o senhor de honra! Quero dizer-lhe uma coisa e memorize--o, memorize-o bem: quem tem o dinheiro, tem a honra. E, agora, se ainda tiver mais alguma coisa a dizer-me, diga-o, senão deixe-me satisfeito com o louco deste alemão.

— Bem — disse Mancino —, vou-me embora. Avisei-o e, pela minha alma, não foi por amor a si que o fiz. E se agora levar uma facada ao longo da sua cara, de uma orelha a outra... Por mim tudo bem.

Virou-se e deixou o jardim.

— Ele só tem de vir — gritou o Boccetta. — Ele só tem de se mostrar. Diga-lhe que não verá sequer uma moeda de três cobres do seu dinheiro, nem uma moeda de três cobres, diga-lhe isso e depois informe-me o que ele, enraivecido, rouquejou atrás de si.

Deu uma gargalhada, que soou como um latido rouco, e a sua cara desapareceu por detrás da pequena janela.

Joachim Behaim, que se encontrava escondido por detrás do matagal junto ao muro do jardim, e mantinha o seu olhar fixo na porta da casa, aguardando com receio a aparição de Niccola, como um golpe do destino que não se pode evitar, tinha ouvido as palavras de Boccetta e percebido, de imediato, que era dele e não de outro que se falava, que era ele que não deveria voltar a ver sequer uma moeda de três cobres do seu dinheiro. Subiu-lhe à cabeça uma raiva de morte que se apoderou dos seus pensamentos, as veias da sua testa incharam e as suas mãos começaram a tremer.

Ainda bem que ouvi isto, disse para si mesmo. Oh, Deus, já alguém viu um canalha velhaco como este? Nem uma moeda de três cobres do meu dinheiro! Não pode ser de outro modo, senão tê-lo entre os meus dois punhos, e se eu tivesse de esperar horas, dias a fio em frente à sua porta... Isso não me aborreceria, pois o tempo não estaria perdido. Tenho de fazer tudo para que ele me caia nas mãos e depois quero dar-lhe uma surra, sim, ele deve levar uma surra, para que pense em mim na hora da sua morte. Mas alguma vez ele deixa a sua casa? Arrisca-se a ir à rua e a misturar-se com as pessoas? Será que não o verei sempre apenas por detrás desta janela gradeada? Oh, maldito sejas, cobarde, aqui e acolá, na Terra e do outro lado! Quem me dera poder ouvir-te gritar a pedir uma gota de água na língua no Inferno. Mas aqui neste mundo ele também não deverá manter o seu bem-estar. Deverá desfrutar dos meus ducados e deixá-los saltar e tilintar nas suas mãos? Se neste momento saísse pela porta fora, se se encontrasse entre os meus punhos, oh, que vontade me dá apenas o facto de pensar que isso pudesse acontecer. Vem cá fora, canalha! Que a peste te apanhe! A peste? Porquê a peste? Não seria ela um castigo demasiado suave, não merece ele uma morte pior?

Respirou fundo e limpou as gotas de suor da testa.

Eu, louco sou eu, que me deixo levar por uma raiva destas! Repreendeu-se a si mesmo. Não é mesmo isso que este chacal desmazelado espera? Não ouvi como ele o desejou para si e como se riu por causa disso como um chacal? De que me ajudam as pragas, de que me serve isso? Posso rogar pragas e insultá-lo e desejar-lhe a peste por cem ducados, irei com isso receber algum cêntimo do meu dinheiro de volta? E mesmo que me caia nas mãos e eu lhe bata violentamente até que os meus braços paralisem, ele guardará o meu dinheiro. E no final ainda me meto em dificuldades por causa deste canalha desprezível se não for moderado quando o tiver nas minhas mãos. Valha-me Deus, por que estou aqui? Vim até cá para escutar o seu discurso desavergonhado e ateu? Não! Eu vim para ver se ela... Oh, Niccola... Oh, Deus, se ela sair desta casa por esta porta... Oh, Deus bom e justo, fica do meu lado, podes então querer que a Niccola...

Parou, não voltou a pedir auxílio a Deus por causa de Niccola. Ocorreu-lhe uma ideia, que se apoderou totalmente dele e mudou tudo. Viu diante de si um caminho, que parecia levá-lo aos seus direitos, aos seus dezassete ducados.

Tinha de ir-se embora, disse para si mesmo. E talvez não fosse demasiado difícil, e o Boccetta seria então o enganado e ele poderia receber de volta os seus dezassete ducados. Penso que seja possível de concretizar. Certamente que teria de haver um final neste amor. Teria de parar de pensar nela, teria de conseguir tirar a imagem dela da minha mente. Mas será que vou ser bem-sucedido? Que má sorte a minha, estou demasiado preso ao amor, é escandaloso, é uma desgraça que ainda esteja apaixonado por ela, a filha do Boccetta. E se ela não o for? Ainda não sei se sairá desta casa. E se eu esperar aqui por ela em vão, então tudo é diferente. E os meus dezassete ducados, onde os procurarei depois? Mas se ela sair, se a Niccola passar por aquela porta, então vai funcionar e terei também de fazer do meu coração um pedaço de pedra. Mas será que vou ser capaz? Não a amo ainda? E o meu amor não é maior e mais ardente do que o que ela me mostrou desde o início? Ela não obteve maior domínio sobre mim do que eu alguma vez detive sobre ela? Como é que isso me aconteceu? Onde ficou o meu orgulho? O que diz a minha honra a isso?

Chegou à conclusão de algo estranho, que, se o seu plano fosse posto em prática, se lhe conseguisse dar um bom final, teria de se comprovar aquilo que naquela noite o tinha levado a vaguear sem destino pelas ruas de Milão, que tinha tido diante de si como um fantasma e que até este momento pensar nisso lhe tinha causado tanta pena e aflição: que ela era filha de Boccetta... Oh, se ela não o fosse! Ocorreu-lhe mais uma vez, pela última vez... Sim! Ela tem de o ser! — contradisse-se, pois devido ao seu plano tinha de desejar o que anteriormente o tinha deixado totalmente desesperado e horrorizado. — Tem de o ser! — decidiu-se. — Ela é filha dele. Eu sei que ela é a filha do Boccetta — bateu no seu coração.

Estava parado com o olhar direccionado para a porta, pressionando as fontes com as mãos, e aguardava. Não sabia se era receio ou esperança que o movia. Queixava-se e insultava-se, fazia troça do seu amor, impugnava-o, discutia consigo mesmo e estava cheio de raiva porque lhe parecia que ela ainda não tinha sido esquecida.

Depois a porta abriu-se e viu Niccola, sabia que era ela, mesmo antes de a ter visto. Ela caminhava com o seu andar flutuante e orgulhoso, pelo qual era possível reconhecê-la ao longe, deslizou pelo jardim e entrou na rua, seguindo o seu caminho como uma sonhadora.

Joachim Behaim foi atrás dela e o seu amor morreu, assassinado pela sua vontade, atraiçoado pelo seu orgulho. O seu amor era um obstáculo para o seu plano, não deveria continuar a existir.

Seguiu Niccola e não a perdeu de vista. Enquanto caminhava formulava o plano que deveria ser posto em prática nesse mesmo dia. Por detrás da Porta Vercelli viu-a vacilar por um momento e depois seguiu por um caminho que ia dar à igreja de Santo Eusorgio. Lembrou-se que ela estava habituada a ajoelhar-se todos os dias nesta igreja em frente a um Cristo esculpido em madeira, que se encontrava pendurado num nicho da nave transversal, e a confiar-lhe, com palavras sussurradas apressadamente, o que esperava dele. E, por vezes, quando chegava atrasada ao quarto de Behaim, justificava-se sempre em como tinha estado na casa de Cristo na igreja de Santo Eusorgio e que tinha algo mais a relatar-lhe do que no dia anterior.

— Vai e fala com ele! — disse Behaim, quando a viu desaparecer na penumbra da nave da igreja. Deus não permitirá que Ele te oiça. Deus está do meu lado, indicou-me este caminho quando lhe pedi auxílio e Ele ajudar-me-á a obter o meu direito.

E apressou-se até à sua casa para aguardar Niccola no seu quarto.

Ela encontrou-o, quando entrou na habitação, ocupado a encher o seu saco de viagem e estava tão ocupado com esta tarefa que nem reparou na chegada dela. A sua roupa e roupa interior, o seu cinto, sapatos, camisas e lencinhos coloridos encontravam-se, em parte ordenados e em camadas, em parte ainda desordenados em cima da mesa, de cadeiras e da cama.

Ela assustou-se, pois de momento ainda não era óbvio se isso significava algo de bom ou de mau, um início ou um fim, uma despedida para sempre ou ficarem juntos para toda a eternidade.

— Queres partir? — balbuciou angustiada. — Queres deixar Milão?

— Tu prometeste-me — deu como resposta sem levantar o olhar — que me seguirias para onde quer que eu fosse. O nosso caminho é para Lecco e pelo Adda. Daí até à República de Veneza não é mais de uma hora se tivermos boa cavalgadura.

— Até à República de Veneza — sussurrou, pois para ela, que nunca tinha estado para além das aldeias da região, esta viagem pareceu-lhe uma grande e ousada aventura. Abraçou-se a ele.

— Duvidaste que fosse contigo? — perguntou. — Não coloquei tudo nas tuas mãos, a minha vida e a minha alma? Tens apenas de me dizer o dia e a hora da partida para que esteja pronta. Tem de ser ainda hoje? E é verdade que em Veneza durante o dia as pessoas não conseguem ouvir as suas próprias palavras devido ao barulho que os moedores de pimenta fazem nas caves? E, diz-me, haverá espaço no teu saco de viagem para as coisas que quero levar comigo? Pois, como deves saber, amado, não sou completamente pobre. Possuo seis pratos de estanho, dois grandes e quatro pequenos, mais uma taça para salada e dois candeeiros, os três com o brasão dos Lucardesi e de prata. E também tenho um jarro de água de cobre, mas esse é pesado e nem sequer é prático e talvez não valha a pena levá-lo numa viagem destas para a República de Veneza.

— Com essas coisas pouco me ajudarás — disse Behaim, e levantou a cabeça e mostrou à rapariga uma expressão preocupada e sombria. — Perguntas-me o dia e a hora e eu não te sei dizer. Os meus negócios chamam-me para Veneza, no entanto apareceram dificuldades, as coisas não correram como eu esperava, resumindo, tenho preocupações.

E como alguém que não sabe mais o que fazer, levantou os braços e deixou-os cair novamente.

Niccola olhou para ele com um ar consternado e preocupado.

— Se tens preocupações, amado, então deixa-me tomar parte delas — pediu-lhe. — Certamente que não sei se poderei ser-te útil, mas sei que não existe nada neste mundo que não fizesse por amor a ti.

Ele soltou uma curta gargalhada.

— Ai, tu! — disse. — Como conseguirias ajudar-me? Mas uma vez que insistes em saber o que me preocupa, então não quero esconder-te que as minhas possibilidades não são das melhores. A mim, falta-me dinheiro, uma quantia considerável, da qual preciso urgentemente, sim, Deus sabe, nunca precisei tanto de dinheiro como agora, e não sei como arranjá-lo. Podes pensar que uma viagem como esta...

— Amado, acredita em mim, não preciso de muito — exclamou Niccola assustada. — Se tiver um pouco de pão e um ovo ou talvez alguma fruta...

Behaim terminou a observação dela com um abanar de ombros.

— Não se trata do que gastamos — esclareceu. — Uma viagem destas está associada a outros custos muito elevados. E assim que tiver pago o que devo aqui em casa, não sei se o que me sobra chega sequer até Lecco e se posso pagar o nosso alojamento lá.

E num tom como se o angustiasse tudo o que lhe tinha dito, acrescentou:

— Agora sabes portanto qual o ponto da situação. Mas isso ajudou-me?

Niccola suspirou, olhou para a sua frente e reflectiu.

— É muito dinheiro que te falta? — perguntou angustiada. — Uma grande quantia?

— Quarenta ducados, sim, parece simples — deu Behaim como resposta. — Soa como se não valesse a pena o discurso. Contudo não dá para imaginar quanto dinheiro é, quando se tem de o arranjar e não se sabe como.

Passou a mão pela testa como alguém a quem as preocupações afligem.

— Quarenta ducados — disse Niccola, e durante um instante manteve-se quieta.

Pensava no dinheiro do seu pai, algo que ele amava mais do que os seus próprios olhos e se esforçava cuidadosamente para o manter escondido dela, todavia não lhe tinha escapado em que cantos e buracos, por detrás de que pedras de cantaria e por baixo de que ladrilho do chão estava escondido. Viu a preocupação e a aflição na cara do seu amado, no entanto não foi fácil para ela chegar a uma conclusão.

— Quarenta ducados — repetiu. — Quarenta ducados. Talvez... É possível, amado, pode ser que eu saiba onde os arranjar para ti.

— Tu? — exclamou Behaim com uma voz num tom de excitação. — Estás a falar a sério? De verdade? Tu conseguirias... Pela minha alma, isso resolveria todos os problemas! Não pode ser verdade. Não posso acreditar nisso. Não estás a falar a sério.

Ela ainda tinha os seus pensamentos na casa do seu pai.

Não é injusto o que eu faço, disse a si mesma. Tenho de levar comigo o que me pertence, para minha infelicidade. Vou para longe dele, mas de um enxoval, por mais pequeno que seja, não quererá ouvir falar. Nem sequer me dará um viático! Quarenta ducados! Certamente que se aperceberá em breve. Ele tem na cabeça cada cepo que está na sua casa.

Mas este pensamento não a assustou. Já se imaginava na viagem a caminho de Veneza.

— Estou a falar a sério — disse. — Não acreditas em mim? Não tens ideia, amado, do que seria capaz de fazer por ti.

— Se estás a falar a sério, se é mesmo verdade que consegues arranjar o dinheiro, não percas tempo! — disse-lhe Behaim. — Não me deixes mais tempo à espera! Despacha-te!

12

Ludovico Sforza, o Mouro, o duque de Milão, encontrava-se deitado na sua cama numa sala do castelo ducal, que devido às representações de dois tapetes da Flandres, que ornamentavam as suas paredes, tinha recebido o nome de sala dos Pastores e dos Faunos. Pontadas que sentia na zona do abdómen inquietavam-no e um inchaço na articulação do joelho causava-lhe fortes dores, porém os esforços do médico, que rapidamente tinha sido chamado, e no qual confiava, até ao momento pouco o tinham aliviado. Aos pés da cama encontrava-se o camareiro do ducado, Antonio Benincasa, com um tomo do "Purgatório" aberto nas mãos, a quem estava reservado nesse dia fazer o favor de recitar ao duque adoentado os versos de Dante, e tinha nesse preciso momento percorrido com a sua voz estrondosa o décimo primeiro canto, no qual o pintor Oderisi se lamenta sobre a caducidade da glória terrena. Num nicho da sala estava sentado, concentrado nos seus papéis, o director da chancelaria secreta do ducado, Tommaso di Lancia, que tinha comparecido para relatar ao duque tudo o que se tinha passado na cidade de Milão nos últimos dias. Tinha algumas dúzias de pessoas das mais diversas profissões ao seu serviço, cuja função consistia em descobrir e reportar-lhe diariamente o que tinha sido falado mal ou bem na cidade, o que tinha sido planeado ou realizado, quem tinha chegado à cidade e quem a tinha deixado, e tudo o resto que tivesse acontecido e fosse digno de observação. A ideia era actuar contra as pretensões da corte francesa que arriscava tudo para reduzir a reputação, o poder e os direitos do duque e, para tal, parecia não poupar dinheiro, nem promessas de todo o tipo. E sabia-se que muitos com estatuto e prestígio não hesitariam na altura de destruir as portas da cidade e, em vez delas, erguer o seu arco do triunfo, para honrar e glorificar o rei de França na sua chegada a Milão.

Mestre Zabatto, o médico, encontrava-se junto ao seu tripé de cobre e aquecia sobre algumas brasas a mistura que tinha pensado dar ao duque. O criado Giamino, um jovem rapaz, encontrava-se à disposição para, quando lhe fosse solicitado, alcançar o vinho ao doente, alisar-lhe as almofadas, arranjar-lhe compressas refrescantes e cumprir as restantes ordens dele e do médico.

Lá fora, nas galerias e nos pórticos, encontravam-se, em grupos, camareiros e conselheiros de Estado, dignitários, criados da corte, secretários da chancelaria e oficiais responsáveis pela protecção pessoal de Ludovico, cada um deles aguardando ser chamado ao quarto do duque que desejava conceder alguns pedidos a um, pedir informações a outro, debater assuntos enfadonhos do dia com um terceiro e discutir sobre um lugar escuro no "Purgatório" com um quarto. Algures surgiam em curtos intervalos os acordes de um instrumento de cordas: *Erva-Doce*, um dos músicos da corte, que nesse momento aguardava os outros, entretinha-se a conduzir um monólogo, ao som de melodias irregulares, no qual colocava agora uma pergunta, à qual depois respondia.

Messer Leonardo, que ali se tinha dirigido para levantar na tesouraria uma determinada quantia que lhe tinha sido destinada, encontrou na escadaria principal o camareiro Matteo Bossi, o qual tinha ao seu cuidado a mesa do ducado. Soube através dele que o duque adoentado se tinha entregado às mãos de Mestre Zabatto e deu expressão ao seu desagrado quanto à escolha deste médico e ao reduzido valor que era demonstrado relativamente aos seus conhecimentos e capacidades. O camareiro ouvia-o enquanto tossia e pigarreava, pois padecia de dificuldades respiratórias e conseguia apenas obter um pouco de ar tossindo com frequência.

— Que alguém como ele tenha a ousadia de se chamar médico ou anatomista — irritou-se *messer* Leonardo. — O que sabe ele? Que conhecimentos tem? Saberá explicar-me porque é que a sonolência e o aborrecimento nos impõem uma acção especial designada de bocejo? Saberá dizer-me porque é que acontece que desgosto, sofrimento e dores corporais tentam levar a um determinado alívio ao espremer dos nossos olhos um líquido salgado em forma de gotas? E porque é que o medo, tal como o frio, leva o corpo humano a tremer? Pergunte-lhe isso e vai ver que lhe fica a dever uma resposta. Não é capaz de lhe enumerar quantos músculos são necessários para manter a língua em movimento para poder falar e louvar o criador. Não lhe saberá dizer que posição e que lugar ocupa o baço ou o fígado no organismo humano. Saberá esclarecer-me de que tipo este magnífico instrumento, pensado e concebido pelo melhor mestre de todos... De que tipo é o coração? Ele não sabe. Não é mais do que um boticário, que também sabe tirar sangue e talvez seja capaz de consertar uma perna deslocada. Mas para ser médico teria de tentar perceber o que é o ser humano e a vida.

O camareiro concordou com Leonardo enraivecido ao expor a sua própria experiência:

— Tenho de lhe dar razão, *messer* Leonardo, pois ele também não foi capaz de me ajudar. Mas, para dizer a verdade, os outros médicos que questionei também não me souberam dar um conselho. Agora vivo e cumpro as minhas obrigações. Mas quando o meu sofrimento piorar ainda mais, o que acontecerá? O que será da mesa do ducado? Em que mãos será colocada a responsabilidade? Ai Jesus! Nem quero pensar nisso! Acredite em mim, sua majestade, o duque, perceberá demasiado tarde o funcionário que tinha na minha pessoa.

Suspirou, apertou e abanou a mão de Leonardo e continuou pela escada abaixo tossindo e pigarreando.

Em cima, na galeria, um grupo dos que aguardava tentava matar o tempo através de discussões e, após terem sido tratados diversos temas, ficavam-se agora pela questão frequentemente discutida, de quais os bens que a terra possui conseguem proporcionar a alguém o sentimento de se poder considerar uma pessoa feliz. O secretário Ferriero, encarregue da redacção dos telegramas ducais, cujo trabalho lhe ocupava tanto tempo que não tinha sequer tempo para limpar a tinta dos dedos, foi o primeiro a responder à questão pela sua pessoa.

— Cães, falcões, uma caça, uma bonita coudelaria, possuir tudo isso seria felicidade — sonhou, e endireitou o monte de papéis que segurava na mão.

— Os meus desejos não se excedem tanto — disse um jovem oficial responsável pela segurança do duque. — Eu considerar-me-ia feliz se esta noite me saísse bem no jogo dos dados e ganhasse uma ou duas moedas de ouro.

O conselheiro de Estado Tiraboschi, que possuía dois vinhedos férteis e era conhecido como um grande mestre de poupança, deu expressão à sua opinião:

— Se eu pudesse convidar todos os dias dois, três ou quatro amigos para com eles conduzir conversas inteligentes sobre as artes, as ciências e o governo dos estados, então considerá-lo-ia como uma grande felicidade a mim concedida. Porém, isso inclui

— suspirou — uma mesa bem recheada e criadagem bem formada para nos servir e, infelizmente, os meus meios não chegam para tais despesas.

— Felicidade? Não é mais do que receber o veneno da vida num invólucro dourado — disse o grego Lascaris, que se tornou apátrida devido à queda de Constantinopla e a quem era confiada a educação de ambos os príncipes do ducado.

— Existe apenas um bem que considero verdadeiramente valioso e insubstituível: o tempo. Aquele que dele puder dispor mediante os seus gostos é feliz, é rico. Eu, senhores, pertenço aos mais pobres dos pobres.

Esta lamentação do conselheiro de Estado del Teglia não soou a tristeza, mas sim a satisfação. Dignidade e orgulho. Pois desde há anos que o duque colocava nele a maior confiança, delegando-lhe tarefas políticas nas grandes e pequenas cortes de Itália e tinha agora acabado de cumprir uma destas missões, tendo já a seguinte à sua espera.

— Felicidade, a verdadeira felicidade é conseguir obras que não desaparecem com o tempo, mas que sobrevivem séculos — disse o pasteleiro do ducado num tom resignado.

— Então nesse caso a verdadeira felicidade seria apenas encontrada na ruela dos caldeireiros — afirmou o jovem Guarniero, um dos criados pessoais do duque, que costumava demonstrar toda a honra às criações efémeras do pasteleiro do ducado.

— Felicidade é poder viver o que se estabeleceu como objectivo na juventude e todos os outros bens terrenos tomo eu por palha — esclareceu o estribeiro Cencio, a quem competia conseguir o arreio e a sela de montar adequados para cada cavalo da estrebaria do ducado. — E assim eu pertenceria, sem dúvida, aos mais felizes, se, por vezes, ouvisse alguma palavra de reconhecimento pelo que faço. Mas como se sabe...

Calou-se, encolheu os ombros e deixou que os outros tirassem as suas conclusões sobre se seria possível ser-se feliz sob estas circunstâncias.

O poeta Bellincioli tomou a palavra.

— Consegui — informou —, como os meus amigos sabem, em muitos anos de esforço, juntar uma colecção de livros raros e importantes e também adquirir uma quantidade de pinturas eleitas dos melhores mestres. No entanto, a posse destes tesouros não me transformou numa pessoa feliz, pelo contrário, deu-me apenas a satisfação de poder dizer a mim mesmo que não fiz nada totalmente absurdo com a minha vida. E tenho de dar-me por contente com isso. Pois sentir-se feliz neste mundo não é algo que seja facilmente concedido a espíritos pensantes.

Viu Leonardo, que se aproximava do grupo, cumprimentou-o com um abanar de cabeça e continuou na esperança de poder ser ouvido por ele:

— Também me preocupa que haja um espaço livre na minha colecção há anos. É certamente para o tratado do *messer* Leonardo sobre a pintura, que esse grande mestre já iniciou há algum tempo, mas quando o terminará... Alguém poderá dizê-lo?

Leonardo, absorto em pensamentos, não viu o cumprimento e também não ouviu as palavras de Bellincioli.

— Não repara que é dele que se fala — disse o conselheiro de Estado del Teglia. — Não está com os seus pensamentos neste mundo apertado, mas sim nas estrelas. Talvez investigue neste momento de que modo a Lua mantém o seu equilíbrio.

— Ostenta um ar tão sombrio — disse o camareiro Becchi, que dirigia a casa ducal —, como se reflectisse o modo como deveria representar numa pintura a destruição de Sodoma ou o desespero daqueles que não conseguiram escapar ao dilúvio.

— Diz-se — o jovem oficial da segurança pessoal do duque fez-se ouvir — que tem impressionantes invenções em mente, com as quais poderia ajudar aqueles que se encontram fechados e amontoados numa fortaleza, como também levar os invasores a uma rápida vitória.

— Sem dúvida que está mergulhado em pensamentos — disse o grego Lascaris. — Talvez pondere como poderia pesar o espírito de Deus, no qual se encontra o Universo, em quilates.

— Ou então reflecte sobre se seria possível encontrar alguém como ele em qualquer lado do mundo — disse o conselheiro de Estado Tiraboschi num tom malicioso.

— Sabe-se que o senhor não o adora — disse o poeta Bellincioli. — O senhor não o conhece. No entanto, quando alguém tem algum contacto com ele, acaba por se afeiçoar a ele.

O conselheiro de Estado Tiraboschi transformou os seus lábios finos num sorriso ponderado e a conversa voltou-se para outro assunto.

Messer Leonardo não tinha visto, nem ouvido a comunidade da corte, uma vez que os seus pensamentos se encontravam verdadeiramente à altura do céu, passavam pelas aves que eram capazes de se manter suspensas no ar, sem bater as asas, apenas a favor do vento, e esse mistério ocupava-o desde há muito, com uma admiração respeitosa. Mas nesse instante a dama Lucrezia despertou-o dos seus sonhos com um ligeiro toque no ombro.

— *Messer* Leonardo, não poderia desejar-me nada melhor do que encontrá-lo — disse-lhe a preferida do duque — e se o senhor quiser fazer a gentileza de me ouvir...

— Minha Senhora, estou ao seu dispor em tudo o que puder — disse Leonardo, e libertou a garça que pairava nas nuvens dos seus pensamentos.

— Foi-me dito — começou a bonita Lucrezia Crivelli —, foi-me informado de todos os lados, que o senhor se dedicou à arquitectura, à anatomia e até mesmo à arte militar, em vez de, como é desejo de sua excelência...

Leonardo não a deixou terminar.

— É verdade — confirmou-lhe —, com tudo isso que aí nomeou seria capaz de satisfazer sua alteza, o duque, mais do que qualquer outro. E se o duque tivesse a bondade de me receber, então eu revelar-lhe-ia alguns segredos relacionados com a construção de equipamento militar. Poder-lhe-ia apresentar desenhos de uma viatura inatacável concebida por mim, que poderá levar morte e destruição às fileiras de inimigos e mesmo a maior quantidade de homens armados não lhe resistirá.

— Peço-lhe que não me fale dessa viatura! — exclamou a dama Lucrezia. — É o pensamento em tumulto e derramamento de sangue que o distrai da tranquila arte da pintura?

— Também tenho — continuou com entusiasmo — de lembrar sua alteza que o Adda precisa de receber uma outra via fluvial, para que possa suportar embarcações, como também impulsionar moinhos, lagares e outros mecanismos e regar campos, prados e jardins. Calculei em que locais deverão ser construídos tanques e diques, represas e comportas para regular a entrada da água. E esta obra melhorará a terra e sua alteza receberá todos os anos sessenta mil ducados de rendimentos. Minha senhora levanta as sobrancelhas, abana a cabeça? A soma que referi parece-lhe demasiado exagerada? Acha que cometi um erro durante os meus cálculos?

— O senhor, *messer* Leonardo, fala de inúmeras coisas — disse Lucrezia. — Contudo, evita a discussão de algo que me importa a mim e a sua excelência. Falo da pintura que lhe foi encomendada. Falo do nosso Salvador com os seus discípulos. Dizem-me que o senhor olha para o seu pincel com ar interrogativo e que lhe pega apenas com relutância e falta de vontade. E é sobre isso, e não sobre lagares e viaturas militares, que o quero ouvir falar.

Messer Leonardo viu que não se tinha saído bem ao tentar escapar às perguntas que o aborreciam sobre esta *Última Ceia*. No entanto, manteve o seu carácter tranquilo.

— Deixe-me que lhe diga, minha senhora — esclareceu —, que a minha mente está totalmente direccionada para este trabalho e o que as pessoas com o seu pouco conhecimento nesta causa lhe informaram está tão longe da verdade, como a escuridão da luz. E rezei ao reverendíssimo padre, tanto quanto sei, assim como se suplica a Cristo, pedi-lhe que tivesse paciência e que, finalmente, desistisse de me acusar, torturar e insistir diariamente.

— Pensei que terminar uma obra tão religiosa lhe devesse causar satisfação. Ou o senhor sente-se tão cansado e esmorecido pelo trabalho nesta pintura...

— Minha Senhora! — disse Leonardo. — Sabe que uma obra pela qual sou atraído, possuído e preso tão veementemente é incapaz de me cansar. Não foi assim que a natureza me concebeu.

— E porque é que — perguntou a preferida do duque — não trata este velho homem, como um bom filho trata o seu pai, ao dar-lhe provas de obediência e, desse modo, também a sua excelência?

— Esta obra — disse Leonardo — espera pela sua hora. Deverá ser feita pela honra de Deus e pela glória desta cidade e ninguém me levará a permitir que resulte na minha desonra.

— Então é verdade o que muitos dizem — admirou-se Lucrezia —, que o senhor tem receio de cometer erros e de receber críticas? E que o senhor, a quem chamam o mestre desta época, sofre da ilusão de ver erros no seu trabalho onde outros vêem maravilhas?

— O que a minha senhora aí me repreende — opôs-se Leonardo — não é a verdade e eu não sei se o faz com maior gentileza ou bondade no coração. No entanto, gostaria de ser pelo menos uma parte daquilo que pensa de mim. A verdade é que estou ligado a esta obra como os amantes aos amados. E, como a senhora sabe, muitas vezes a amada, mal-humorada e frágil, impele contra aquele que cuida dela com paixão.

— Isso são piadas e não a verdade — disse a preferida do duque, que se referia a tudo o que estava relacionado com coisas de amor. — *Messer* Leonardo, o senhor sabe como estou afeiçoada ao senhor. Contudo, pode ser que o perseverante esforço com o qual se esquiva ao trabalho nesta obra desperte má-disposição e tristeza em sua excelência e que o senhor não permaneça por muito tempo nas suas boas graças.

Enquanto *messer* Leonardo ouvia estas palavras, deixou-se levar pelos seus pensamentos vagos, e viu-se num país distante e estranho, sem amigos e companheiros, sem casa, sozinho e a servir as artes e as ciências em grande pobreza.

— Talvez — disse — me esteja destinado de aqui em diante viver na miséria. Ainda assim, tenho de agradecer à multiplicidade da bondosa natureza o facto de aprender algo novo onde quer que vá e esse, minha senhora, é o trabalho que me foi atribuído por Aquele que torna possível o impossível. E se eu agora tivesse de passar a minha vida num outro país e por entre pessoas de feições estranhas, então não deixaria por isso de pensar na glória e no proveito deste ducado, que Deus gosta de manter sob sua protecção.

E inclinou-se sobre a mão de Lucrezia como se, nesse momento, se despedisse para sempre.

Nesse instante o criado Giamino aproximou-se dela com uma profunda reverência e disse-lhe que o duque desejava vê-la, pois o director da chancelaria secreta tinha terminado o seu relatório. *Messer* Leonardo virou-se para se ir embora, mas Giamino deteve-o com um movimento tímido com a mão.

— Perdão, senhor... Também tenho uma mensagem para si e não é fácil para mim transmiti-la, pois não é algo que se goste de ouvir. Todavia, o senhor certamente não quer que lhe escondam algo importante para não o afligir.

— Então tens de informar-me — afirmou Leonardo — que atraí a má-disposição do duque e que ele utiliza palavras impetuosas e amargas para me criticar.

O jovem rapaz abanou energicamente a cabeça.

— Não, senhor — disse —, o duque nunca falou de tal modo sobre si, acredite em mim, refere o seu nome apenas com grande respeito. E o que tenho para lhe informar não tem a ver consigo, mas sim com um amigo seu. *Messer* di Lancia trata-o por "Mancino", diz que o viu frequentemente na sua companhia e que desconhece o seu nome cristão.

— Ninguém o sabe — disse Leonardo. — E o que se passa com o Mancino?

— Esta manhã — informou Giamino — foi encontrado ferido até à morte no jardim da casa do Poço, deitado numa poça de sangue, parecia, disse o *messer* di Lancia, que uma machadada lhe tinha rachado a testa. E o senhor deveria saber que foi precisamente na casa daquele Boccetta que o senhor conhece, e o senhor duque mandou prendê-lo e proceder a uma investigação e talvez desta vez ele...

— E onde — perguntou Leonardo — se encontra Mancino?

— Perdoe-me por não tê-lo dito logo — desculpou-se Giamino. — Foi levado para o Hospital da Tecelagem de Seda e é lá que se encontra, disse o *messer* di Lancia, e aguarda pelo padre e pelo viático.

Messer Leonardo encontrou Mancino no terceiro andar, por baixo das vigas do tecto do hospital, num quarto, no qual não existiam camas, mas apenas montes de palha, sobre os quais tinham sido estendidos lençóis esfarrapados. Estava deitado de olhos fechados, as suas faces enrugadas coradas pela febre, as suas mãos tremiam com movimentos constantes e agitados, tinha afastado de si o cobertor, a cabeça e a testa estavam cobertas de ligaduras. Dois dos seus amigos, o pintor d'Oggiono e o mestre de órgão Martegli, encontravam-se junto à sua cama e o mestre de órgão, que mantinha a cabeça inclinada para não bater contra as vigas do tecto, segurava um jarro de vinho nas mãos.

— Não dorme, pediu agora mesmo algo para beber — informou d'Oggiono. — No entanto, apenas deverá ser-lhe dado vinho se estiver meio diluído com água e isso pouco lhe agrada.

— O caso não está bem parado para ele — sussurrou o mestre de órgão ao ouvido de Leonardo, curvando-se ainda mais. — O padre esteve aqui, ele confessou-se e foi-lhe administrada a Comunhão. Segundo o cirurgião, talvez tivesse sido possível fazer algo por ele se a ajuda tivesse chegado atempadamente. Mas as pessoas que o encontraram pediram auxílio a todos os santos e trouxeram da igreja objectos para benzer, mas ninguém pensou em chamar um cirurgião. Somente aqui no hospital lhe foi limpa a ferida e estancado o sangue. Parece que se meteu com o Boccetta, pois foi encontrado muito próximo da casa desse indivíduo.

— Algo para beber! — exclamou Mancino num tom de voz baixo, e levantou o olhar e bebeu um gole do jarro de vinho que o mestre de órgão lhe segurava junto aos lábios.

Depois viu Leonardo, das suas feições surgiu um sorriso, e levantou a sua mão em forma de cumprimento.

— Meu Leonardo, sê bem-vindo! — disse. — Grande é a alegria e a honra que me concedes, no entanto seria melhor se direccionasses a tua mente para coisas de maior importância do que o meu estado actual. Precisamente quando tinha terminado a minha visita e me queria lançar da janela, ele, ainda mais louco do que canalha, agrediu-me com o seu machado e na sua insensatez rachou-me a testa de um modo sangrento. Não foi mais do que isso, e por esse motivo ninguém morre, mas foi o suficiente para me colocar durante algumas horas nas mãos de um cirurgião.

Pediu novamente algo para beber, bebeu um gole e torceu a boca. Depois continuou a falar, indicando o homem que se encontrava próximo dele no monte de palha.

— Para ele o caso está muito mais mal parado. Foi atirado para o chão pelo seu muar, que o atingiu com coices com tal brutalidade que ninguém mais o poderá ajudar, disse o cirurgião. Eu, por minha vez, tive melhor sorte.

A febre apoderou-se dele e os seus pensamentos confundiram-se.

— Não, vocês os três não devem brigar pela minha alma, vocês os três aí em cima, Pai, Filho e Espírito Santo, deixem-na ficar onde ela está e tu espera também com paciência, Santíssima Trindade, tu sabes, eu não fujo de ti, sempre fui bom cristão, não fui um daqueles que vão à igreja para roubar velas. Taberneiro, diabos te levem, pois nunca me serviste um outro vinho, senão este que baptizaste três vezes na tua cave e que contaminaste para cada cristão.

Manteve os olhos fechados por alguns instantes, em silêncio e com uma forte respiração. Depois, quando a sua respiração acalmou, abriu os olhos. A febre tinha-o libertado e pelas suas palavras era possível reconhecer que sabia em que estado se encontrava.

— *Je m'en vais en pays loingtain* — disse, e estendeu as mãos aos seus amigos em forma de despedida. — Peço-lhes, lamentem-se comigo sobre os meus dias perdidos, que passaram tão depressa como a lançadeira. Se me tivesse sido concedida a morte em prol da vitória da fé cristã para os turcos e pagãos, e todos os santos e anjos dançassem alegremente em direcção a mim e recebessem a minha alma com salmos e acordes de viola... Mas assim entro no tribunal de Deus como aquele que sou e fui toda a minha vida, alcoólico, jogador, mandrião, arruaceiro, caçador de prostitutas...

— Aquele que guia o nosso destino sabe que não és nada disso, mas sim um poeta — disse Leonardo e envolveu a mão de Mancino nas suas. — Mas, diz-me, que diabo te levou a meteres-te com esse Boccetta?

— Nada acontece sem motivo. Reconhece-o e compreenderás o sucedido... Não são tuas estas palavras, meu Leonardo? Ouvi-te dizê-las com frequência — deu Mancino como resposta. — O mundo não está cheio de amargura e deslealdade? Uma pessoa veio ter comigo e suplicou e chorou e não sabia o que fazer no seu desespero e se alguém pudesse morrer de vergonha e dor, essa pessoa iria à minha frente. Então tirei-lhe o dinheiro das mãos, subi pela janela para o devolver ao Boccetta e fi-lo como um verdadeiro pateta e com tanto ruído que ele acordou do seu sono e deve ter pensado que ali me tinha dirigido para roubar. E se andas atrás da cabeça de Judas, meu Leonardo, sei de alguém que é como tu o vês. Não procures mais! Quero dizer, encontrei o Judas. A diferença é que ele não tem trinta moedas de prata na sua bolsa, mas sim dezassete ducados.

Fechou os olhos e respirou com dificuldade.

— Se é que o percebi bem — afirmou o pintor d'Oggiono —, ele refere-se a esse alemão que tinha dezassete ducados a cobrar ao Boccetta. Ele apostou um ducado comigo em como obteria o seu dinheiro do Boccetta, a bem ou a mal, pois não é um homem que se possa enganar por dezassete ducados. E hoje deixou-me saber que tinha ganho a sua aposta da forma mais notável, que tinha os dezassete ducados do Boccetta na sua bolsa e que amanhã de manhã passará pela minha casa para ir buscar aquele que eu tinha apostado. E, por isso, tenho de passar ainda hoje em duas ou três das casas nas quais tenho dinheiro a receber e tentar juntar um ducado, pois não tenho mais de dois carlini na minha bolsa.

— Gostaria de ver esse alemão que o Mancino chama de Judas — disse Leonardo. — Ele tem de nos contar como conseguiu obter o seu dinheiro do Boccetta.

— Algo para beber! — gemeu Mancino.

— Podem perguntar directamente ao Boccetta — informou o mestre de órgão e, enquanto segurava a caneca de vinho juntos aos lábios de Mancino, apontou para a porta com a outra mão.

— Pela cruz de Deus! Ele está mesmo ali! — exclamou d'Oggiono.

Dois guardas da cidade tinham entrado no quarto, levavam Boccetta consigo como prisioneiro, ele encontrava-se entre ambos com o seu sobretudo em mau estado e sapatos gastos, as mãos estavam unidas atrás das suas costas, contudo ostentava um ar altivo, como se fosse um grande senhor, que seguia o seu caminho acompanhado e servido pela sua gente.

— Aqui está, senhor, fizemos-lhe a sua vontade — fez-se ouvir um dos dois guardas da cidade. — Mas agora despache-se, faça o seu discurso, e que este seja breve, para que não percamos tempo.

Boccetta reconheceu *messer* Leonardo e cumprimentou-o, como um nobre cumprimenta o outro. Depois viu Mancino e aproximou-se do monte de palha com ambos os guardas da cidade imediatamente atrás de si.

— Reconhece-me? — abordou-o. — Vim até aqui pela sua bem-aventurança, não me poupei caminho, nem esforços, por piedade religiosa, para voltar a colocá-lo no caminho certo. Tome atenção, quando o senhor se escapou dispersou os ducados roubados pelo chão, como se fossem lentilhas ou feijões, tive de rastejar por todos os cantos para os apanhar. Mas faltam-me dezassete ducados, não fui capaz de os encontrar apesar de todas as buscas, desapareceram e eles não me pertencem, mas sim a um servo religioso da igreja, um reverendo, que os tinha entregado aos meus cuidados, portanto trata-se de dinheiro sagrado e abençoado. Diga-me então o lugar onde os enterrou ou escondeu, peço-lhe pela salvação da sua alma.

— O cobertor! — pediu Mancino a d'Oggiono tremendo com calafrios.

E, depois de o cobertor ter sido estendido sobre ele, respondeu a Boccetta.

— Basta procurá-los — disse —, procure-os com toda a dedicação. Não se deixe desanimar, rasteje aqui e acolá, esforce-se, esfole-se até os ter encontrado. Pois o senhor já sabe: quem tem o dinheiro, tem a honra.

— Não me queres dizer? — gritou Boccetta branco de raiva e esforçou-se em vão para libertar as suas mãos da corda. — Então vai para o Inferno, que mil diabos se satisfaçam contigo e quem me dera poder-te...

— Livrem-no dessa praga! — gritou d'Oggiono a ambos os sentinelas da cidade. — Para que trouxeram aqui essa pessoa desprezível, ele pertence ao diabo!

— Maçou-nos o caminho todo — disse um dos dois sentinelas da cidade — com a sua súplica, que deveríamos trazê-lo aqui para que pudesse pedir perdão a esta pobre pessoa.

— O que me chamou, jovem senhor? — virou-se Boccetta para d'Oggiono. — Uma pessoa desprezível? E que pertenço ao diabo, foi o que disse? A mim tanto me faz, sou alguém a quem os insultos não afectam, no entanto isso custar-lhe-á um bom dinheiro, jovem senhor, pois terá de me pagar uma multa por isso, assim que eu voltar a ser livre e senhor dos meus actos. *Messer* Leonardo, o senhor ouviu-o e servir-me-á de testemunha!

— Levem-no — pediu Leonardo aos guardas da cidade —, pois o tribunal que ele diariamente descura e burla, vai finalmente pôr mãos nele.

— *Nostre Seigneur se taist tou quoy* — ouviu-se Mancino a sussurrar, e essas foram as suas últimas palavras neste mundo, não respondeu a nenhuma outra pergunta. Ouviu-se ainda o seu gemido num tom de voz baixo e o seu estertor que persistiu até à hora em que faleceu ao anoitecer.

13

Enquanto aguardavam Joachim Behaim no quarto de d'Oggiono, Leonardo examinava a arca de madeira, cujo exterior tinha sido adornado com a representação do casamento em Caná, e mostrava-se satisfeito com esta obra que o jovem pintor tinha terminado no dia anterior.

— Vejo — disse — que tiveste em conta neste trabalho fastidioso e cansativo, aquilo que é o freio e o leme da pintura: a perspectiva. O desenho está bom e bom é também o modo como aplicaste as tintas. E é ainda de elogiar o modo como colocaste as figuras sendo possível reconhecer facilmente, através da sua postura, a intenção da sua alma. Este mercenário aqui quer beber, veio ao casamento apenas para beber, para se embebedar totalmente. E o pai da noiva é um homem honrado, qualquer um consegue ver que da sua boca sairão apenas palavras honradas e manterá a palavra do que disse ao noivo. E no chefe da cozinha é possível reconhecer como é importante para ele que todos os convidados sejam satisfeitos.

— E este Cristo? — perguntou d'Oggiono, para quem os elogios nunca eram suficientes.

— Deste-lhe feições sublimes e também a Nossa Senhora revela bastante doçura e gentileza. Apenas não me quer agradar este caminho colina acima com os álamos que não são capazes de dar sombra. Quando te sentires inseguro com a representação da paisagem, então questiona a natureza e a vida animada.

— Ai Jesus! — exclamou d'Oggiono. — Eu sei, envergonho-me que este miserável casamento seja malogrado desde o início. Fiz um mau trabalho e preferia partir a arca em bocados e com eles aquecer o meu fogão, se o homem não viesse buscá-la já amanhã.

— Fizeste um bom trabalho com ela. É um trabalho distinto — acalmou-o Leonardo. — E a forma como te equivocaste com a luz e a sombra, não há nada de mal nisso.

Entretanto o escultor de madeira Simoni relatava ao seu amigo, o mestre de órgão Martegli, pela terceira vez, a surpreendente volta que as coisas tinham dado para ele no dia anterior.

— Caminhava, como costumo fazer várias vezes por dia, da minha oficina para a igreja de Santo Eusorgio e aí vi-a desesperada, ajoelhada em frente àquele Cristo, que é um pedaço de trabalho lamentável, que até o rapaz que me segura o escopro conseguia fazer melhor. Deus sabe há quanto tempo ela estava ali ajoelhada, a soluçar, com um ar desgostoso, as faces inundadas em lágrimas e quando a vi assim, então arranjei, nem sei como, coragem para falar com ela. Não vais acreditar em mim, mas levei-a para a minha casa, disse-lhe que tenho um pai idoso que está doente e acamado e que necessita de assistência, e que ela faria uma boa acção se tomasse conta dele durante a noite e ela olhou para mim, não sei se me reconheceu, eu cumprimentei-a várias vezes, resumindo, acredites ou não, ela foi comigo, parecia que lhe era indiferente o que lhe tinha acontecido, e à noite ouvia-a a chorar, mas hoje de manhã, quando levei pão e leite a ela e ao meu pai, sorriu-me. Talvez, depois de tudo o que deve ter passado, daqui a algum tempo, ela se habitue a ser minha... Tommaso! Se eu a pudesse manter em minha casa, se ela ficasse... Considerar-me-ia a pessoa mais feliz da cristandade. Sim, olha para mim, não me vejo como um amado, curto de perna e gordo, como sou, e com um crânio calvo e as mãos cheias de calosidades, fruto do trabalho com o escopro e a goiva. Talvez sejam esperanças e planos vãos que tenho em mente e tens toda a razão, Tommaso, quando me incluis naqueles que tentam fazer ouro de cobre. Pois ainda é apenas ele que está nos seus pensamentos.

— Eu lembro-me dele — disse o mestre de órgão. — E consigo perceber que ela tivesse de amá-lo. Ele é jovem e de boa estatura, tem um rosto soberbo...

As portas abriram-se e o homem de quem se falava, Joachim Behaim, entrou no quarto cumprimentando-os. Vestia roupa de viagem, calçava botas de montar e aparentava estar pronto para se sentar no cavalo e deixar a cidade.

Viu Leonardo, aproximou-se imediatamente dele e fez-lhe a sua reverência.

— Há muito que desejava travar conhecimento com o senhor — disse respeitosamente — e desfrutar da sua companhia. Já passou algum tempo desde que o encontrei, isso aconteceu no antigo pátio do castelo ducal num dia em que vendi dois cavalos a sua alteza, um berbere e um siciliano. Talvez o senhor se recorde de mim.

— Sim, recordo-me perfeitamente — disse Leonardo, no entanto tinha apenas a imagem do berbere em mente.

— E desde então — continuou Behaim — ouvi referir o seu nome muitas vezes e com muitos elogios, e também ouvi coisas sobre si que não se ouvem todos os dias.

Inclinou-se novamente e depois cumprimentou d'Oggiono e os outros dois.

— Também eu — disse Leonardo — estava bastante desejoso por vê-lo e, sobretudo, tenho de o confessar, porque tenho um favor a pedir-lhe.

— Se tiver o prazer de poder servi-lo em algo — disse Behaim com grande cortesia —, então tem apenas de ordenar.

— O senhor é muito bondoso — disse Leonardo. — O que tenho a pedir-lhe é que nos relate como conseguiu recuperar os seus dezassete ducados do Boccetta, que é conhecido como o maior ladrão e impostor de toda a cidade de Milão.

— De modo que eu perdi a minha aposta vergonhosamente e agora tenho de pagar, por mais que me custe — observou d'Oggiono.

— É — esclareceu o escultor de madeira — sempre melhor ir directamente à fonte do que a uma tigela de água.

— É algo insignificante, quase nem vale a pena ser contado — afirmou Behaim, e puxou uma cadeira para si e sentou-se imediatamente a seguir aos outros. — Já tinha dito um dia a esse Boccetta que não sou alguém que ele pudesse enganar por dinheiro e que quem se tentou meter comigo sempre se arrependeu, porque no final acabou por ter sempre prejuízos.

— Estamos bastante ansiosos pela sua história — disse Leonardo.

— Para ser breve, quero começar por dizer — contou Behaim — que encontrei aqui em Milão uma rapariga que me agradou mais do que qualquer outra. Não me quero vangloriar, contudo estou habituado e foi-me destinado ser capaz de, sem grande esforço, obter das mulheres o que delas desejo e esta tornou-se minha. Senhores, pensava ter encontrado nela a mulher que procurei toda a minha vida. Era bonita e encantadora, de estatura elegante, poderia reconhecê-la a mil passos de distância pelo seu andar orgulhoso e gracioso e, para além do mais, era respeitadora e modesta, não gostava de ostentações, estava apaixonada por mim e não olhava para nenhum outro.

Parou e olhou para a sua frente, mergulhado em profunda reflexão, e depois passou energicamente a mão pela testa, como se quisesse dissipar do seu pensamento a imagem que tinha feito surgir com as suas palavras. E continuou:

— Ela era então a que eu procurava e encontrei-a aqui em Milão. Contudo, uma noite, apenas há poucos dias, dirigi-me à taberna do Cordeiro para beber vinho e trocar umas palavras com as pessoas que lá se encontram frequentemente e aí descobri — apontou para d'Oggiono e para o escultor de madeira —, descobri por estes dois, que aquela que eu amava é a filha do Boccetta.

Levantou-se e caminhou de um lado para o outro bastante agitado. Depois sentou-se novamente na sua cadeira e voltou a falar:

— Dos milhares de homens daqui de Milão, ela é precisamente filha do Boccetta. Tinha de me acontecer a mim! Com isso, senhores, podem ver como por vezes o destino age mal com um homem honrado.

— Será que Judas Iscariotes também se considerava um homem honrado? — murmurou o escultor de madeira para o mestre de órgão.

— Não vos posso, senhores — continuou entretanto Behaim —, expressar os pensamentos que me assaltaram. Envergonho-me de dizê-lo, mas, sim, ainda a amava e fiquei consternado quando me apercebi disso. A minha dor era descomedida e impetuosa e quase impossível de aguentar, não me deixava comer nem dormir, mas, por fim, decidi dominá-la e não lhe dar mais espaço dentro de mim.

— E foi assim tão fácil para si? — perguntou o escultor de madeira.

Behaim manteve-se em silêncio por um momento.

— Não, não foi fácil — deu como resposta. — Foi necessário um grande esforço para dominar o encanto que ela ainda exercia sobre mim. No entanto, tomei consciência, convenci-me de que não devia viver com ela. Pois viver com ela não significa apenas passar a noite com ela e, como se diz, deixar a torre do relógio encontrar a sua igrejinha, não, significa apreciar a comida e a bebida com ela, ir à igreja com ela, dormir e acordar com ela, confiar-lhe as minhas preocupações e partilhar com ela todas as alegrias... Com ela, a filha do Boccetta! E mesmo que carregasse consigo o paraíso, não deveria tornar-se minha esposa, não deveria continuar a ser a minha amada. Eu amava-a demasiado, mas o meu orgulho e a minha honra não o permitem.

— Sim — disse Leonardo, e pensava noutra pessoa. — O orgulho e a honra dele não o permitem.

— Quem me ajudou nesta situação — continuou Behaim —, quem me indicou o caminho certo, se foi o meu anjo da guarda ou o próprio Deus ou a Nossa Senhora, não sei. No entanto, quando superei este amor, tornou-se tudo simples.

Ficou em silêncio por um momento e reflectiu. Depois prosseguiu o seu relato:

— Ela foi a minha casa, como ia todos os dias, e tinha a nossa aventura amorosa em mente, mas eu agi como se estivesse atormentado por grandes preocupações. Faltava-me dinheiro, disse-lhe, necessitava de quarenta ducados e não sabia onde os arranjar, e isso era algo terrível. Ela assustou-se, reflectiu um pouco e depois disse que não precisava de me preocupar com o dinheiro, que mo conseguia arranjar, ela sabia um modo de o obter e eu acreditei nela. Percebam-me bem, senhores, eu não necessitava do dinheiro, tenho nos armazéns de Veneza tecidos de seda e algodão no valor de oitocentos ducados que em qualquer momento posso transformar em lucro.

— Pensei — observou Leonardo — que o senhor se alimentava do negócio dos cavalos.

— Pode-se ganhar dinheiro com qualquer mercadoria — informou-o Behaim —, hoje com cavalos, amanhã com cravos de ferraduras, papas de sêmola, como também com pérolas ou especiarias da Índia. Eu negoceio tudo o que dá dinheiro, umas vezes com pomadas, loção para a pele e *blush* de Levante, outras vezes com tapetes da Alexandria, e informem-me se por acaso souberem onde se pode comprar linho a baixos preços, pois este ano espera-se uma má colheita de linho.

— Ouviste? Negoceia tudo — murmurou o escultor de madeira ao mestre de órgão. — Também faria negócio com o sangue de Cristo se o possuísse.

— Mas regressando ao que querem ouvir — Behaim retomou a palavra — ela veio no dia seguinte e trouxe o dinheiro e contou quarenta ducados, disse que me tinha prestado um grande serviço e que era algo de bom. Não quero, senhores, alargar-me com o meu relato, sobre o que depois aconteceu, o modo como a repreendi e o que ela disse, pois isso maçá-los-ia. Bem, ela confessou que tinha roubado o dinheiro ao seu pai à noite, enquanto ele dormia, e eu disse-lhe que isso não estava certo e que não era respeitável, era algo que me desagradava bastante, e que ia contra a Cristandade e o amor fraternal e, uma vez que me tinha mostrado a sua verdadeira maneira de ser, jamais poderia tornar-se minha esposa, que deveria ir-se embora e que não queria voltar a vê-la. De início tomou-o como uma piada, ria e dizia: "Que coisas bonitas se ouvem de um homem que afirma amar-me!" Mas, depois, quando se apercebeu que falava a sério, então implorou, lamentou-se, chorou, gesticulou como uma desesperada, mas eu tinha-me decidido a não ouvi-la e não prestei atenção às suas lamentações. Retirei do dinheiro os dezassete ducados que me pertenciam, dei-lhe uma factura relativa a eles, como faz parte, e devolvi-lhe o resto da soma, disse que a poderia devolver ao seu pai, pois apenas queria ficar com o que era meu e que não queria nada que pertencesse a outrem. Depois dei-lhe a mão como despedida e disse-lhe para se ir embora e para não regressar e ela enraiveceu-se, sim, ousou, atreveu-se a chamar-me má pessoa. Mas eu pensava nas palavras que o senhor — virou-se para d'Oggiono e apontou para a arca com a representação do casamento em Caná — que o Salvador diz neste casamento: "Mulher, que tenho eu contigo?"

— Então o senhor sacrificou um grande amor como um mau tendeiro! — afirmou o mestre de órgão indignado.

— Senhor! Não sei quem é e o que deve significar o seu palavreado — interrompeu-o Behaim. — Quer com isso criticar-me por ter devolvido a um pai desesperado o seu dinheiro e a sua filha?

— Certamente que não, ninguém o quer criticar — disse-lhe Leonardo acalmando-o. — O senhor geriu bem a sua situação com o Boccetta...

— Foi algo justo — esclareceu Behaim.

— Algo justo, certamente, e, por isso — continuou Leonardo —, quero conceder-lhe a honra que lhe é devida, ao providenciar que a recordação do senhor não desapareça de Milão. O rosto de um homem assim é digno de ser retratado e mostrado àqueles que vierem até nós.

E agarrou no seu caderno de esboços e no seu lápis de prata.

— O senhor concede-me uma honra que sei apreciar bastante — assegurou-lhe Behaim, e endireitou-se na sua cadeira e acariciou a sua barba escura e bem cuidada.

— E o seu amor por ela — perguntou o escultor de madeira ao alemão, enquanto Leonardo começava a desenhá-lo —, ou aquilo que o senhor toma por amor, desapareceu por completo?

Behaim encolheu os ombros.

— Isso é problema meu e não seu — informou Behaim. — Mas, se quer saber: ainda não a tirei da cabeça, ela não é alguém assim tão fácil de esquecer. Mas acho que pararei de pensar nela quando deixar Milão e tiver atrás de mim trinta ou quarenta milhas.

— E para onde é a viagem? — perguntou d'Oggiono.

— Para Veneza — deu Behaim como resposta. — Fico lá três ou quatro dias e depois embarco para Constantinopla.

— Eu também gosto bastante de viajar — observou o escultor de madeira —, mas apenas por onde vejo as vacas a pastar.

E com isso queria dizer que não era um tolo que se aventurasse em alto mar ou outro tipo de águas agitadas.

— Quer regressar para a terra dos turcos? — exclamou d'Oggiono. — Não teme pela sua vida, uma vez que eles são tão violentos e malvados no derramamento do sangue cristão?

— O turco — esclareceu Behaim — não é metade mau em casa e nos seus países como se faz parecer, assim como talvez o diabo seja um verdadeiro chefe de família no Inferno. O senhor não se esqueceu todavia que tem a pagar-me um ducado. Pois deve pagá-lo e com isso aprender a respeitar-me melhor e aos meus semelhantes.

D'Oggiono suspirou e fez aparecer da sua mala um montinho de dinheiro de prata. Behaim pegou nele e contou-o. Agradeceu a d'Oggiono e deixou as moedas de prata deslizar para a sua bolsa.

— Mantenha a bolsa na mão por um instante! — pediu Leonardo e ria e acenava com a cabeça.

E enquanto Behaim segurava a bolsa, pronto para a fazer desaparecer, Leonardo fez ainda alguns traços e o seu desenho estava concluído.

Behaim levantou-se e espreguiçou-se. Depois pediu a Leonardo o seu caderno de esboços para lhe deitar uma olhadela. Examinou o seu retrato, mostrou-se bastante satisfeito e não poupou palavras de reconhecimento.

— Sim, sou eu — disse —, e a semelhança é extremamente grande. E o pouco tempo em que o realizou! Não foi exagerado o que me contaram de si. Sim, senhor, percebe do seu ofício, alguns poderiam tomá-lo como exemplo.

Virou uma página do caderno de esboços e leu com admiração o que Leonardo tinha apontado:

— Christofano, que vem de Bergamo, mantém-no em mente — estava lá escrito. — Ele tem a cabeça que pensaste dar ao teu Filipe. Fala com ele sobre coisas que o preocupam: de epidemias, do perigo de guerra e do peso crescente dos impostos. Encontrá-lo na ruela de St. Arcangelo, onde está o bonito arcobotante, na casa dos Dois Pombos, sobre a loja do cutileiro.

— O senhor — observou Behaim — escreve como os turcos, uma vez que começa na direita e termina na esquerda. E quem é este Filipe de cuja cabeça se parece tratar?

— Filipe, um dos discípulos de Cristo — informou-lhe Leonardo. — Quero representá-lo como alguém que estava bastante afeiçoado a Jesus, na parte da frente da minha pintura, na qual pretendo mostrar Cristo reunido com os seus discípulos na *Última Ceia*.

— Pela minha alma — disse Behaim — vejo que para realizar uma pintura deste género tem de se preocupar com mais do que com as tintas e o pincel!

E devolveu a Leonardo o caderno de esboços. Depois disse que tinha imensa pena, que não poderia desfrutar mais da companhia dos senhores, mas que o tempo apertava e o seu cavalo já estava selado. Pegou no seu sobretudo e no seu barrete, mostrou a *messer* Leonardo o seu respeito através de uma vénia, acenou para d'Oggiono e para o escultor de madeira em forma de cumprimento e, com um rápido abanar de cabeça em direcção ao mestre de órgão, que tinha demonstrado a sua antipatia, saiu pela porta.

— Lá vai ele — disse d'Oggiono irritado, agitando os punhos cerrados. – E o Mancino teve de morrer por causa deste indivíduo!

— Morrer! — disse Leonardo. — Eu chamo-lhe outra coisa. Juntou-se com uma mente orgulhosa ao Todo, escapando-se desse modo à imperfeição terrena.

Guardou o caderno de esboços por baixo do seu cinto e as palavras que tinha acabado de proferir soaram a alegria e triunfo.

— Agora tenho o que preciso. E nesta obra reconhecer-se-á que o céu e a terra, sim, que o próprio Deus claramente interveio e auxiliou-me ao colocar este indivíduo no meu caminho. E agora quero mostrar àqueles que me seguem que eu também vivi neste mundo.

— E o senhor — disse d'Oggiono — vai finalmente satisfazer o duque que serve e receber desta cidade a reputação que lhe é devida.

— Não sirvo — disse Leonardo — nenhum duque e nenhum príncipe e não pertenço a nenhuma cidade, nenhum país e nenhum reino. Sirvo apenas a paixão do olhar, do reconhecimento, da ordem e da forma e pertenço à minha obra.

14

Oito anos mais tarde, no Outono do ano de 1506, Joachim Behaim, vindo de Levante, encontrava-se novamente a caminho de Milão por motivos de negócios. Em Veneza, onde tinha desembarcado, tinha permanecido apenas algumas horas, pois não tinha nenhuma mercadoria para guardar nos armazéns. Levava consigo duas bolsas forradas com seda. Eram pedras preciosas. Uma das bolsas continha safiras, esmeraldas e rubis polidos, todas juntas formavam uma dúzia, e todas elas eram bonitas peças seleccionadas, e a outra levava pedras de menor valor: ametistas, topázios e jacintos. Pretendia oferecê-las, tanto umas como outras, a nobres e oficiais franceses que tinham o seu quartel em Milão.

Quando no ano de 1501 o rei de França desceu os desfiladeiros dos Alpes com um exército de suíços e franceses e invadiu a Lombardia, dois dos marechais do Mouro atraiçoaram-no ao entregar-se aos franceses. Nem o imperador romano, nem o rei de Nápoles tinham cumprido os seus deveres da liga ao não ajudar o Mouro. Desse modo, ele tinha perdido o seu ducado, as suas propriedades, os seus amigos e, por fim, também a sua liberdade. Tinha caído nas mãos de Luís XII, o rei de França, e tinha passado os seus últimos anos numa masmorra no topo de um rochedo, na cidade de Loches, situada na Touraine, junto à margem do Rio Indre.

Os milaneses tinham-se adaptado bastante bem ao seu novo senhor. "Se temos de ter estrangeiros dentro das nossas muralhas" — era este o lema deles — "preferimos os franceses aos espanhóis, pois os espanhóis são pessoas carrancudas e mal-humoradas, que deslizam eternamente de joelhos pelas igrejas, enquanto os franceses, onde quer que estejam, trazem consigo prazer e boa disposição. E no que diz respeito ao seu cristianismo, eles dizem: 'Servir Deus? Porque não? Porém, não nos podemos esquecer que por vezes também é bom caminhar um pouco pelos caminhos da temporalidade.'"

Portanto Joachim Behaim encontrava-se a caminho de Milão. No entanto, quando fez uma paragem em Verona para procurar alojamento para si e para o seu cavalo, apercebeu-se do estranho comportamento da população da cidade, para o qual não conseguia encontrar explicação.

As pessoas que se cruzavam com ele olhavam-no, juntavam as cabeças e sussurravam entre si. Havia outras que pareciam assustar-se com o seu aspecto. Ficavam paradas, abanavam a cabeça e benziam-se uma, duas ou até mesmo três vezes como se se protegessem de um mal. Havia ainda outras que se comportavam de modo verdadeiramente desavergonhado, apontando o dedo na sua direcção ou tentando, através de sinais dissimulados, acenos e gestos, chamar a atenção dos seus acompanhantes para ele.

— Malditos sejam! — sussurrou. — Que diabo lhes deu? Boa educação, olhar assim para alguém. Será que esta gente ainda nunca teve a oportunidade de ver um comerciante alemão que vem de Levante?

Na primeira pensão em que parou, o hospedeiro olhou para ele e fechou-lhe a porta na cara com um "Deus me proteja" e, apesar de todas as insistências, pedidos e maldições, não se mexeu para voltar a abri-la. Na pensão seguinte, na realidade, o hospedeiro também se mostrou admirado e surpreendido pela aparência de Behaim, no entanto manteve a boa educação. Sentia muito, disse, não poder recebê-lo em sua casa, mas esta estava lotada e não havia um único lugarzinho, nem com a melhor das vontades, e por entre centenas de palavras de pesar pôs Behaim porta fora.

Apenas na terceira pensão Behaim conseguiu alojamento para si e um espaço no estábulo para o seu cavalo. Também aqui o taberneiro olhava certamente para ele com um ar admirado e assustado, mas não proferiu sequer uma palavra de espanto, contudo Behaim interpelou-o num tom enraivecido:

— Isso é modo de me olhar? E quanto tempo ainda me quer deixar em pé e à espera? Fique a saber que não sou paciente por natureza.

— Peço-lhe perdão — disse o hospedeiro que se tinha contido.
— O senhor parece-se com uma certa pessoa que vi há pouco. Achava que a tinha perante mim, pois a semelhança é surpreendente.

Depois, quando já tinha indicado a Behaim o seu quarto e entregue o cavalo a um criado para o limpar, explicou o seu comportamento aos outros que aguardavam e estavam tão admirados e assustados quanto dele:

— O que se há-de fazer? O que se há-de dizer? É sabido que o mal, sim, o pior mal de todos e toda a maldade, foi vontade de Deus e por ele colocado no mundo.

Nesta pensão Behaim travou conhecimento com um negociante tirolês de barba ruiva que vinha de Bolonha e estava prestes a regressar a Innsbruck. Enquanto jantavam Behaim reparou que o negociante tirolês não se tinha apercebido do comportamento estranho e por vezes desavergonhado dos habitantes da cidade. Behaim admirou-se e queixou-se de quão pouco Verona lhe agradava.

— Compare com Milão! — disse. — Mas que cidade! Lá encontra num instante companhia, amigos, gente que lhe sabe dar valor. Lá existem as melhores estalagens, equipadas com tudo o que se possa desejar, numa pensão desse tipo posso convidar qualquer nobre a lá ir. Também existem pensões humildes, que são realmente boas, é possível orientar os gastos mediante as suas conveniências. E onde quer que se sente para comer, ser-lhe-ão servidos pratos requintados e abundantes, como em nenhuma outra cidade do mundo. E eu conheço uma taberna em Milão, na qual me foi servido um vinho com o qual seria possível ressuscitar um morto. Ali vão os pintores e outros artistas e eu dava-me bastante bem com eles.

Calou-se e pensou nos tempos passados.

Ao chegar a Milão, após alguns aborrecimentos, procurou de imediato a estalagem dos Três Negros, na qual se costumavam hospedar as pessoas mais distintas. Era aqui que se pretendia alojar e tentar travar conhecimento com os nobres franceses, a quem pensava vender as suas pedras preciosas.

O hospedeiro, que também ele tinha a aparência e o comportamento de um nobre, recebeu-o com cortesia. Behaim mostrou-se satisfeito com o quarto que lhe foi indicado e com os preços que lhe foram comunicados. Pediu o jantar e uma bebida soporífera no seu quarto, pois pensava deitar-se em breve.

Quando estava tudo arrumado e tinha acabado de desfrutar da sua bebida soporífera, bateram novamente à sua porta e o hospedeiro entrou no quarto:

— Perdoe-me, senhor — desculpou-lhe —, por aqui vir, apesar de aparentar estar bastante cansado. Quero perguntar-lhe se as pessoas não o olharam de um modo estranho a caminho daqui.

— Sim — disse Behaim. — E isso não me aconteceu apenas uma vez, mas sim uma centena de vezes, e não apenas aqui em Milão, como também em Verona e nas aldeias por onde passei.

— Se me permite dar-lhe um conselho — continuou o hospedeiro —, então seria que o senhor cortasse a barba ou que a modificasse. Actualmente já não se usa esse tipo de barba.

— O diabo é que o faço — sussurrou Behaim, pois estava orgulhoso da sua barba bem cuidada, na qual não se mostrava um único pelo cinzento. — As pessoas podem olhar para mim como quiserem, pouco me importa.

— Faça como entender, senhor — disse o hospedeiro, no entanto não se foi embora e colocou uma questão após um momento de reflexão:

— O senhor certamente ainda não visitou os monges no convento de Santa Maria delle Grazie?

— Não. O que tenho a ganhar com esses monges? — admirou-se Behaim.

— No refeitório desse convento — informou o hospedeiro — encontra-se a muito célebre *Última Ceia* do nosso mestre Leonardo, *o Florentino*, e essa obra, senhor, é uma deve ser vista. Seguramente que alguma vez encontrou este Leonardo.

— Sim — disse Behaim. — Estive por várias vezes na sua companhia e se a minha memória não me falha, ele convidou-me para a sua mesa ou concedeu-me uma outra honra qualquer. Ele encontra-se em Milão?

— Não, já não vive há muito na nossa cidade, diz-se que se encontra em viagem — informou-lhe o hospedeiro. — Mas, regressando à *Última Ceia*, há anos que vêm pessoas em bandos para a visitar, e não é apenas de Milão e de toda a Lombardia que vêm, não, vêm também de Veneza, do ducado de Mântua, de Marcas, de Romagna e ainda de muito mais longe. Vêm novos e velhos, homens e mulheres, e até há mesmo quem se deixe carregar de maca. Entram no refeitório em trajes de domingo, como se aparece em grandes festividades. E vêm também os camponeses das aldeias e também eles vestem as suas melhores roupas para observar esta *Última Ceia* e diz-se até que um trouxe consigo o seu burro limpo. Siga o meu conselho, senhor, e vá vê-la! Sim devia mesmo fazê-lo!

E com isso retirou-se.

Quando, na manhã do dia seguinte, Behaim se encontrava no refeitório do convento em frente à *Última Ceia* e o seu olhar, depois de ter contemplado Cristo e Simão Pedro, caiu sobre Judas, que segurava a bolsa na mão, foi como se tivesse levado uma machadada na testa e os seus pensamentos confundiram-se.

Deus esteja comigo! Ocorreu-lhe. Estou a sonhar ou o que se passa? Um golpe reles, pela minha alma, um golpe vergonhoso! Como é que se atreveu!

Olhou à sua volta em busca de comiseração e compreensão relativamente ao que lhe tinha sido feito. Apesar de ainda ser cedo, encontravam-se bastantes visitantes no refeitório e todos o olhavam, o modo como estava parado em frente a Judas, ninguém produzia um som, predominava um silêncio como na igreja, quando o sino toca durante a Eucaristia. No entanto, apenas depois de ter deixado o refeitório, enraivecido e tão rápido quanto conseguia, e de se ter apressado para a rua, as pessoas começaram a falar e a gritar umas para as outras:

— Viste? Judas viu o Judas.

— Ele vem até aqui e mostra-se! Em vez de se esconder no mais denso bosque, num ermo, numa caverna ou em qualquer outro lugar abandonado.

— Atraiu-o como a porca ao carvalho.

— Será cristão e irá à missa?

— Para que haveria de ouvir a missa? Deus não deixa a semente brotar num campo destes.

Entretanto Joachim Behaim tomou o caminho de regresso, mergulhado em pensamentos furiosos, para a sua estalagem, pois tinha decidido não ficar nem mais uma hora em Milão e, enraivecido, desabafou em voz alta:

— Mas que maldade! Será possível pensar numa travessura pior? Ele é um homem velho que não serve de mais nada do que para ser enterrado. Foi portanto para isso que me desenhou! Isto só me aconteceu porque me meti com aqueles pintores e toda aquela gentalha. Pela minha alma, deviam ser cortadas as asas a este Leonardo, pois se continuar a praticar as suas más acções, quanto mal conseguirá ainda causar. Um pintor? É um pintor, assim como um abrunheiro bravo é uma videira. Pela cruz de Deus, este Leonardo não tem muito cérebro por baixo do seu barrete, para não se ter conseguido lembrar de outro Judas senão eu. Ele merece uma cacetada por isso. Não, uma cacetada não... Um indivíduo como ele devia estar acorrentado nas galés!

Tinha chegado à praça da catedral e na sua direcção vinha o escultor de madeira Simoni, com um rapaz do seu lado esquerdo e Niccola do seu lado direito. No entanto, Joachim Behaim, ainda cheio de raiva, com os punhos cerrados e a cabeça em baixo, passou pelos três, sussurrando em linguagem boémia, sem lhes lançar um olhar.

O escultor de madeira parou e largou a mão do rapaz.

— Era ele — disse com o coração palpitante, e saía-lhe suor frio pelos poros. — Viste-o?

— Sim — deu Niccola como resposta. — Vi-o.

— E ainda o amas? — balbuciou o escultor de madeira.

— Como podes perguntar algo tão disparatado? — disse Niccola, e colocou o braço à volta dos ombros dele. — Acredita em mim, eu nunca o teria amado, se soubesse, que ostenta a cara de Judas.

Comentário final do autor

Provavelmente alguns dos leitores desta obra aperceber-se-ão de que os versos que Mancino profere soam muito idênticos aos versos do grande poeta francês François Villon. Nascido em Paris em 1431, estudou Belas Artes na Universidade de Paris entre 1448 e 1452 e escreveu muitos poemas significativos, como também um romance em verso, cuja acção se desenrola na zona estudantil de Paris — infelizmente perdeu-se —, e, por volta de 1464, desapareceu do alcance dos seus contemporâneos, de modo que ninguém pode afirmar onde viveu após 1464 e quando faleceu.

Se eu admitir que os versos que coloquei na boca de Mancino apresentam uma clara relação exterior e interior com os versos de François Villon, então ninguém deverá repetir que cometi plágio. Tomei a liberdade — o que provavelmente é uma grande ousadia — de não só o sugerir neste livro, como também tornar bastante claro que este Mancino não é outra pessoa, senão o próprio François Villon, estudante, poeta, vagabundo e membro de um grupo de ladrões que desapareceu em França e reapareceu em Milão, e que levava a sua vida agitada por entre os artistas que habitavam na zona da catedral — pintores, escultores de madeira, fundidores de bronze e mestres canteiros — e depois toma um final, na realidade inglório, mas, como afirmei, não totalmente descortês. Portanto se ele é François Villon, então também tem todo o direito de tomar os versos de François Villon como seus.

No entanto, talvez haja um ou outro leitor que não me queira seguir por este caminho e que se negue a deixar-se convencer da relação da identidade de Mancino com a do poeta francês desaparecido. Não o posso proibir a esse leitor. Ele pode então tomar Mancino, que também se designa assim a si mesmo, por bêbedo, artista, mandrião, arruaceiro e caçador de prostitutas, mas também por ladrão literário — nada interessa para além disso. Porém, quer o leitor se decida por Mancino enquanto François Villon ou apenas enquanto descarado ladrão de versos, o epitáfio dedicado a si mesmo e deixado pelo vagabundo e poeta francês, pode também ser considerado como de Mancino. Dizem elas, traduzidas muito livremente:

Não tinha taça, nem copo.
Não tinha nada, o pobre diabo.
Oferece a tua paz a este homem!
Dá-lhe, senhor, a luz eterna!

Epílogo

O amor, o dinheiro e a arte

Velhos conhecidos: o prestamista e sovina que "corre pela sua casa atrás dos ratos com as armadilhas, para não ter de arranjar um gato"; a sua filha encantadora, que se apaixonou por um comerciante bem-parecido; o comerciante obcecado pelos seus direitos, que atraiçoa a sua amada para cobrar uma antiga dívida do seu pai. São personagens familiares que Leo Perutz invoca de Shakespeare, Molière e outros clássicos no seu romance "O Judas de Leonardo" para os transportar, de uma forma um pouco diferente, para um daqueles romances históricos alternativos que são a sua característica. O final deste tipo de romance consiste em atribuir a célebres acontecimentos históricos explicações totalmente improváveis e fictícias. De modo a conceder credibilidade a estas explicações inventadas, Perutz encaixou-as profundamente na história; personagens e acontecimentos comprovados historicamente misturam-se com outros ficcionados em *O Judas de Leonardo*. No romance histórico de Perutz, assim escreveu Alfred Polgar, "escutar-se-á com um ouvido subtil a respiração do tempo passado: esse ritmo concede ao livro um encanto musical".

Perutz trabalhou bastante tempo em *O Judas de Leonardo*. O manuscrito iniciado em 1937 teve de ser interrompido em 1938, após uma invasão das tropas alemãs em Viena. Perutz foi exilado para a Palestina, onde, ao contrário do que fazia em Viena, levou uma vida bastante reservada. Sentia-se muito isolado espiritualmente e duvidava do sentido da escrita: "Eu trabalho, é certo, mas para quem e para quando? Depois da guerra, o mundo ouvirá e lerá algo bastante daquilo que me dou ao trabalho de fazer, por detrás de um arame farpado espiritual, e que, sem vivência e sem acontecimento, imagino e escrevo num alemão bonito." Em 1941 Perutz retomou o trabalho de *O Judas de Leonardo*, tendo, no entanto, voltado a interromper o mesmo em 1947, para primeiro terminar o seu romance de Praga *Nachts unter der steinernen Brücke*. A partir de 1951 trabalhou exclusivamente no romance de Leonardo que terminou seis semanas antes da sua morte, a 6 de Julho de 1957. O livro, cuja acção se desenrola em Milão em finais do século XV, parece ter sido consumido pela época, na qual teve origem; as experiências da expulsão, do exílio e da Segunda Guerra Mundial estão nele implícitas.

A história em torno do patife Boccetta, da sua filha e do comerciante boémio Joachim Behaim compõe apenas um enredo. A figura principal do segunda é Leonardo, que não quer terminar a obra de *A Última Ceia* que lhe foi encomendada, por lhe faltar o modelo para a cabeça de Judas. Ambos os enredos serão unidos pelo poeta Mancino, que se designa a si próprio de "arruaceiro" e "caçador de prostitutas", mas que, segundo o "comentário final do escritor", não é mais do que próprio poeta francês, desaparecido em França e desviado para Milão, François Villon. Mancino, tão imortal, quanto infeliz e apaixonado por Niccola, na tentativa de ajudá-la, será ferido até à morte por Boccetta. No leito de morte comunica a Leonardo que tinha encontrado uma cabeça para Judas: o comerciante Joachim Behaim. Leonardo retrata Behaim e este, oito anos mais tarde, ao contemplar *A Última Ceia* terminada, percebe o motivo pelo qual as pessoas durante a sua viagem para Milão o olhavam com um ar tão assustado: ele é o Judas de *A Última Ceia*.

Através da descoberta de Mancino, do modelo para Judas, a história de uma traição de amor e a história da conclusão de *A Última Ceia* não estarão apenas ligadas entre si, como serão também, segundo parece, conduzidas a um final moralista satisfatório: a traição de amor de Behaim será condenada, a busca de Leonardo de um Judas será recompensada e Niccola será compensada com um marido substituto. A história é um pouco triste, se for tido em conta o amor insatisfeito de Mancino e a traição de amor de que Niccola foi vítima, embora tenha um final feliz — e até um pouco trivial. No entanto, apenas à primeira vista. Ao olhar uma segunda vez para o pecado de Judas, que funciona como ligação para todo o romance, fica-se a meditar sobre o assunto.

A traição amorosa de Behaim, sempre repreensível, é a condição necessária para a conclusão de *A Última Ceia* de Leonardo (e do romance de Perutz). No entanto, sem a ajuda de Mancino Leonardo nunca teria chegado ao seu Judas, apesar de ser Leonardo que refere no romance o pecado de Judas: o "orgulho" que levou Judas "a trair o seu próprio amor" e a atraiçoar Cristo. O facto de não conseguir descobrir o Judas em Behaim, embora o encontre duas vezes ao longo da acção, segundo o qual o retrata mais tarde, pode ser explicado pelo facto de o próprio Leonardo não estar apto para amar e, por isso, não ser capaz de reconhecer a traição de amor. A paixão de Leonardo não são as pessoas, mas sim a arte e a ciência; sentimentos como o amor e a tristeza são-lhe estranhos. Contudo, Mancino, tristemente apaixonado, que no entender de Leonardo não está totalmente inteirado do pecado de Judas, soube que Behaim tinha atraiçoado o seu amor por Niccola e pôde mostrar a Leonardo o Judas que este procurava.

Deveria Leonardo seguir o conselho de Mancino moribundo, que também era rival de Behaim na obtenção da graça de Niccola? Será que Behaim cometeu de facto o pecado de Judas no entender de Leonardo? A pergunta é difícil de responder. Talvez não tenha sido tanto o orgulho que levou Behaim a atraiçoar o seu amor, mas mais o sentimento de direito desmedido de um Michael Kohlhaas, que indicou a Behaim o caminho que, através da traição de amor, o levou "ao seu direito, a estes dezassete ducados". No entanto, ainda que Behaim seja considerado um traidor de amor por Leonardo — deveria este enganá-lo de forma tão astuta, através das intenções que tinha com o seu retrato, como Behaim tinha enganado Niccola ao saldar a dívida de Boccetta com a sua ajuda? Deveria Leonardo, por fim, representar uma traição de amor habitual ao colocar Behaim na "*Última Ceia*" como o próprio Judas, o odiado traidor do Salvador? O poder estigmatizado que este retrato ostenta torna-se evidente no último capítulo do romance, no qual para todos os visitantes Behaim, o modelo para Judas, se tinha transformado no próprio Judas. O modelo é determinado pelo retrato, a arte, o poder do meio estabelece a realidade. A própria Niccola cede, quando assegura ao seu marido: "Acredita em mim, nunca o teria amado, se soubesse que ostenta a cara de Judas."

No entanto, Leonardo está tão pouco interessado no pecado de Judas enquanto problema moral, como no indivíduo de

Behaim: para ele todo o acontecimento resume-se a Niccola, Behaim, Boccetta e a morte de Mancino, num episódio da história antecedente à sua obra, *A Última Ceia*. "Agora tenho o que preciso", alegrou-se, depois de ter retratado Behaim e anunciou que "o céu e a terra, sim, que o próprio Deus claramente interveio e auxiliou-me ao colocar este indivíduo no meu caminho". Mas à questão se satisfará o duque que serve, responde: "Não sirvo nenhum duque e nenhum príncipe e não pertenço a nenhuma cidade, nenhum país e nenhum reino. Sirvo apenas a paixão do olhar, do reconhecimento, da ordem e da forma e pertenço à minha obra." As últimas palavras que Leonardo profere no romance são uma prova do seu autoritarismo — e um testemunho da autonomia da arte. Leonardo anunciou que o seu reino não é deste mundo, a sua vida pertence à arte. Isto é o final de uma arte religiosa e o início de uma religião da arte.

O último capítulo do romance tem lugar no ano de 1506, oito anos depois da acção principal. Tudo mudou. O duque de Milão é prisioneiro dos franceses, Leonardo encontra-se em França e Mancino foi esquecido; a *Última Ceia* de Leonardo é apreciada e adorada, Behaim, que viaja para Milão, é olhado aterradoramente como o "Judas da *Última Ceia*". Da traição amorosa de Behaim, da dor de Niccola, do amor de Mancino, da auto-justiça de Leonardo fica a *Última Ceia*: a obra de arte libertou-se da história da sua origem. A autonomia da arte foi a última palavra de Leonardo. É a última palavra do romance.

No entanto, o romance não chegou ao fim. Num "comentário final" há uma intervenção do "escritor". Com uma apologia irónica de plágio, que começa em Mancino com os versos de Villon, o "escritor", que não quer ser confundido com o autor, intercede a favor de Mancino. De um modo subtil, o "escritor" torna aquele artista, que teve uma importância decisiva na história da origem da *Última Ceia*, mas que não apresenta qualquer significado para a obra terminada, inesquecível.

A obra *O Judas de Leonardo* iniciada em Viena, em 1937, e concluída durante o seu exílio na Palestina, em 1957, se for tomada como um todo, não é mais do que uma auto-reflexão artística e uma crítica da autonomia da arte moderna — uma arte que já não provém da vida, nem está ligada a ela, como os versos de Mancino, mas que está separada dela, segue as suas próprias leis e torna-se cada vez mais insensível e inacessível para questões emocionais e éticas. Ao mesmo tempo, o romance é um discurso de defesa, de cuja obra de arte concluída não se pode esquecer a origem, que, como revela o romance, se trata da história de renúncia ao amor, traição, denúncia, violência, sacrifício e de um trabalho artístico tão formidável, quanto espectacular. Com este discurso de defesa, o romance de Perutz não retira a ideia da autonomia da arte, mas torna assunto de discussão as suas origens na forma de arte do romance.

Nota Editorial

A edição original alemã segue à letra o manuscrito de *Der Judas des Leonardo* terminado por Leo Perutz, conservado na Biblioteca Alemã em Frankfurt. Foram apenas corrigidos implicitamente erros ortográficos insignificantes.

Em conformidade com a editora original foram mantidas duas alterações relativamente a este manuscrito, que tinham sido efectuadas para a primeira edição pela Editora Zsolnay em 1959. A escrita regional utilizada por Perutz no nome "Lionardo" foi continuamente corrigida por "Leonardo"; para mais foi mantido o título escolhido pela editora *Der Judas des Leonardo (O Judas de Leonardo)*. No manuscrito de Perutz o título era: *Der Judas des Abendmahls (O Judas da Última Ceia)*.

Uma vez que Perutz atribuía bastante valor ao ritmo da frase através de expressões próprias, a pontuação foi modernizada muito cuidadosamente. Inconsequências insignificantes nos princípios do emprego de maiúsculas e minúsculas foram uniformizadas, assim como da utilização do apóstrofo.